レースの村

片島麦子

レースの村＊目次

装幀　成原亜美（成原デザイン事務所）
装画　東山詩織

幽霊番

ひょんなことからサクマの帰省につきあうことになり、ぼくはその村に向かった。ムラ、と云ったが実際の住所に村の文字はないらしい。そのあたり一帯の集落を昔は村と呼んだ名残なんだとサクマは答えた。村とは何ぞや、という根源的な疑問はさておき、そこをどう呼ぼうとぼくには関係ないし興味もない。たぶん、いや、おそらくかなりの確率で二度と訪れることはないだろう、こんな遠くのおそろしく辺鄙な場所。

別に彼についていく理由もなかった。たまたま暇で、どうしようもなく暇で、友人数名で飲み明かした次の朝、まだみんながぐっすり眠りこけている芋虫状態の酒くさい部屋で唯一サクマだけがすっくと起きあがり、たんたんと出かける準備をしはじめたのを薄目でしばらく観察しているうち、どこにいくんだ、とつい声をかけたのが運のつきだった。

「一緒にいくか？」

「だから、どこへだよ」

つんけんとした口調になってしまったのは、どこへいくのかというぼくの問いかけが一瞬追いすがるみたいに彼に聞こえたのではないかと心配になったからだった。それまで特に深いつきあいがあったわけでもない、サクマとは大学の学部が同じというだけで大勢いる友人のひとりだった。その辺に転がっている芋虫どもと何ら変わりがない扱いの彼に同情されて誘われているのだとしたら心外だった。

「おれの実家。夏休みに帰省するようしつこく云われていたからさ」

「夏休み、もう終わるけど」

「だから仕方なく用意してる」

なるほどそういうことか、ひとりで帰るのが嫌なんだなこいつ。合点がいくと急に形勢が逆転したように感じて余裕が出てきた。

「おまえんち、田舎だったっけ？」

「田舎だよ、超ド田舎」

「空気、うまいよな、きっと」

「ああ、どうだろう」

サクマはあいまいな表情を浮かべ、微妙な角度で首をふった。否定でもなく肯定でもなく……やや肯定寄りだと勝手に解釈する。自信がなさそうなのは、子どものころからあたり前に吸っている空気の味を改めて問われてもよくわからないためだろう。てきとうに合わせて答えればいいものを、サクマは時々こんな風にして話の腰を折る。よく云えば純粋で正直者、悪く云えば田舎出身者特有の鈍くさい反応だった。

「いこうかな」

「マジで？」

自分から誘ったくせに驚いた様子でわずかに目を見開く。

「云っとくけど、何にもないぞ」

「知ってる」

ほんとうは全然知らない。ただ流れでそう云ってみただけだ。

「じゃあ、いいか」

「決まりだ」

ぼそぼそと小声で合意に達すると、ぼくたちは芋虫を蹴っ飛ばさないよう部屋を出た。

ここはよどんでいる。未来の見えない身体から吐きだされたアルコール混じりの腐敗臭と行き場のない熱。何だか無性に新鮮な空気が吸いたくなった。何もないことをむしろ美点と考えられるくらいには、ぼくはサクマの帰省につきあうことに前向きな気持ちになっていた。

新幹線から在来線に乗り継ぎ、無人駅でなかなかこないバスを待って村に向かった。途中何人かお客さんは乗ってきたけれど、みんなぼくたちより先に降りてしまった。車庫のひとつ手前の周囲に何もない停留所に揃って降りたった時、ぼくは意味もなく感動していた。

「奇跡だな」

「？」

「こんな毛細血管並みの地域まで公共交通のサービスがいき届いている国は他にはないよ」

「………」

嫌味に近い大げさなほめ言葉をスルーして、サクマはバス停から離れ、ひとり目立たないわき道に入っていった。すぐに鬱蒼とした木々が両側からアーチ形に覆いかぶさった昼なお暗い道に変わっていく。

「ケモノ道ってこういうのを云うのかな」

「れっきとしたヒトの道だ。ウツミ、公共交通の網目からこぼれた落ちた限界集落を舐めんなよ」

「？」

「ここから歩きだ、小一時間くらい」

「………」

今度はぼくが黙る番だった。

日頃の運動不足を呪いつつ、もう少し酒量を減らすべきかと反省しかけたころ、急に道が開けた。広がる田園風景を燦々と満たす光に、せまく苦しい産道を抜けてこの世に生まれ落ちたような錯覚を一瞬覚える。しこたまかいた汗がデトックス効果をもたらした結果だろう、悪い気分ではない。

そのことをサクマに伝えようかどうしようかと迷っているうちに一軒の家に着いた。母屋と納屋が直角に交わったかなり広い純和風の日本家屋だった。

「着いたぞ」

ひとことだけ云い、サクマが先をいった。バス停を降りてわき道に入ってからひどく無口だったので気を悪くしたのかと少し心配していたが、今の感じだとそうでもないようだ。さきほどの生まれいずる感覚とは反対に、サクマの場合、もといた子宮のある場所へと帰っていくのだからそりゃあ憂鬱にもなるだろう。ぼくは自分の母親の子宮を想像し、サクマに深く同情した。

玄関の横に立てかけられた背負子に目をとめると、サクマはあからさまに顔をしかめた。何か不都合があるのかと問おうとした瞬間、ぼくたちの目の前の引き戸が開き、彼とよく似た中年の女性が顔を出した。

「帰ったんね」

「ああ」

「帰るなら帰るで電話くらいしんさい」

サクマの母親はそう云ってからはじめて息子の背後にいるぼくに気づいたらしく、おや、と表情を変えた。

「誰？」

「ウツミ。おれの大学の友だち」

「こんにちは」

軽く頭をさげる。

「まあ、そうね。遠いとこから。ショウヘイ、何も云うとらんからびっくりしたわ。暑かったじゃろ、はよう入りんさい」

「おじゃまします」

促されるまま靴を脱ぎ、広い土間のある玄関から家の中へと入る。廊下を歩きながらサクマが母親に短く訊ねた。

「泊まってくけど、飯、大丈夫？」

「飯飯って、あんた、ただいまも云わんで。気にすることはあれじゃね、お父さんと一緒じゃね。けど、よかったわ。あれがきとるからごはんだけはようけ炊いとるんよ。おかずもあれとあれとあれがあるから足りるじゃろ。あんたらふたり増えたところでたいして変わりゃせんわ」

　聞きようによってはつっけんどんにも聞こえる方言だが、ふり向いたおばさんの顔には人なつっこい笑顔が浮かんでいるからとりあえず歓待されているらしいとほっとする。それにしてもやたら「あれ」を連発するので、そっちのほうが方言より難解だった。どうして人間は一定以上歳をとると、歴然と形あるものを「あれ」とか「それ」とかいう漠然とした小さな箱に無理やり押し込んで平気でいられるのだろう。

「やっぱり、あれの番なん？」

　実家にもどったせいなのか、サクマの語尾のイントネーションにも微妙な変化が表れる。驚くべきことに彼には母親の「あれ」の意味がわかるらしい。ぼくは自分の親たちの「あれ」をいつも聞き流してきた。理解しているふりをしてにこやかに頷きつつも、「あれ」の蓋を開けたところで何ひとつ自分の人生に得るべきものなどないと放っておいた。サクマはその点親孝行な息子なのかもしれないと感心する。

　サクマの「あれ」が母親のどの「あれ」を指すか知らないが、彼の眉間には若者らしからぬしわが一本刻まれていた。いったい何を憂えているのか。おばさんはああ云ってくれたものの、突然のぼくの訪問でサクマ家の団らんに何か不都合が生じたのだとしたら、それはそれで肩身がせまい。

「ほうよ。一昨日から。あれ、どうにかならんかねえ。わたしもお父さんもひざが痛いやら腰が痛いやらで、年々あの重さがこたえてしんどいわ」

「次はいつ？　何ならおれが持っていくけど」

「まあ最低一週間は置いとかんとね。村のみんなに何云われるかわからんけえ」

　話の内容はさっぱりだが、一週間と聞いてぼくは内心焦った。サクマがそんなに長く滞在するつもりとは予想していなかった。嫌々帰省したものとばかり思っていたので、一泊くらいならと軽い気持ちでついてきただけだ。到底つきあいきれない。こちらはてきとうなところで退散しようと心に決めた。

　サクマの部屋で古い漫画を読んでいるうちに時間が経ち、おばさんが夕食だと二階まで呼びにきてくれた。いつの間にか帰宅していた父親にあいさつし、一枚板の立派な座卓の向かいに腰をおろす。並んだ箸が四膳、それともう一膳、座卓の隣の小さな折りたたみテーブルに用意してあるのに気づき、ぼくのはそっちだったかと慌てて立ちあがろうとすると、サクマが右ひざをぐっと押さえて目だけで座っておくよう合図してきた。

息子の友人だから気を遣ってくれたのだろうか。何だか申し訳ない気持ちで黙って座っていると、おばさんが次々に料理を運んできてくれた。刺身こんにゃく、大根と鶏肉の煮物、ニンジンとゴボウのきんぴら、山菜とナスとシイタケの天ぷら、大学芋とおはぎなど、いかにも田舎料理という感じだがすべて大皿に盛ってある。すごい量だ。

「ウツミくん、まあ、飲みんさいや」

ひと足先に納豆をつまみに晩酌をはじめていたおじさんがそう云ってビールを注いでくれる。

「うわっ、ありがとうございます」

「遠慮せんでええけ、好きなだけ食べて」

「はい」

横からおばさんも加わって、乾杯もなくにぎやかな食事がはじまった。ぼくにあれこれ世話を焼く両親を苦笑いで眺めながら、サクマも手酌でビールを飲んでいる。大学生活や就職活動など、おじさんとおばさんが聞きたがるので話がつきない。その合間も隣のテーブルの空席が気になった。誰もそのことには触れないので聞きづらく、見て見ぬふりをする。

取り皿におばさんがおかずを分けはじめたのを見て、てっきり自分のかと手を伸ばしかけたがどうも違ったようだ。おばさんは無造作に一種類のおかずをてんこ盛りにすると何も云わず横のテーブルの上にさっと置いた。それからまた別の種類のおかずをひと皿、またひと皿。こちらの会話に加わりつつも次々と置いていく。少々乱暴だが慣れた手つきだった。遅れてやってくる誰かにおかずを残してやっているのだろうとぼくは思った。

　おばさんが台所に消えるとすぐに丼飯を片手にもどってきた。炊きたてのいいにおいがする。そういえばごはんをたくさん炊いたと云っていたっけ。つやつやと光った山盛りのごはんはおいしそうではあるが、さすがにそんなには食べられない。残すのも悪いしどうしよう。ぼくの心配をよそにおばさんは横を素通りするとまたテーブルの上にその丼飯を、どん、と置いた。

「米はうちでつくっとるんよ。去年はけっこううまくできたけえ、ウツミくんもあとで食べてみんさい」

　ぼくがずっと目で追っていたからか、おじさんが話しかけてきた。

「あ、はい。ありがとうございます」

　ふり返って答えると、うれしそうに相好を崩した。

「イノシシにやられたとか云ってなかった？」と、サクマ。

「あれはゴマキんとこの。柵が壊れとったのをちゃんと直さんけえ、いけんのんじゃ。田畑しかしとらんくせに、ああいうところがずぼらなんじゃや、あいつは。おれは日中仕事に出かけてもそういうところは手を抜かん」

「兼業農家ってことですか」

「平日はふもとの郵便局で働いとる。このあたりはほとんどそんな感じじゃね。自分ちで食べるぶんの野菜と、まあ米はいっぺんにぎょうさんできるけん、ＪＡに持っていって買いとってもらったりするが、たいした稼ぎにはならんのよ」

「へえ」

そんなものかと頷いて何気なく視線をもどし、その瞬間ぼくはぎょっとのけぞった。知らぬ間に人間が増えている。

小さなテーブルの前にはひとりの髪の長い女性が座っていた。

丼飯に顔を埋めるように一心に食べているのでよく見えないが若い女らしかった。というのも横座りの着物のすそから見えるふくらはぎが米粒のようにつやつやと光っていたからだ。そうだ、どうして着物なのだとぼくは目を瞬いた。成人式で同級生たちが着ていたような晴れ着のあざやかな色ではなく、くすんだ地味な色合いの。ちょうど目の前の田舎料理みたいにしょう油で煮しめたような色だった。

「あの……」

遠慮がちに話しかけようとするぼくに向かっておばさんが大げさに手をふりながら云った。

「いいのいいの、気にせんといて、あれのことは」

「いや、でも、ぼく席を……」

「あれはいっつもあの場所におらすんよ。どうせ聞こえんのじゃし、話しても無駄じゃけん」

「はあ」

あいまいに頷くぼくの視界を遮るように身を乗りだしたおじさんが「ウツミくん、まあ、飲みんさい」とさらにビールをごぼごぼ注いできた。聞こえないというのはほんとうなのか、女はこちらに一切目もくれず今度は丼飯とおかずの山を交互にかき込んでいる。犬食いに近い行儀の悪い食べかたなのに音をまったく立てないのが不思議だった。

外見から推測すれば、年齢的にサクマの姉と考えるのが妥当だろう。あのおかしな恰好で外出するとは思えないから、いわゆるひきこもりなのだろうか。謎の女の出現でぼくは落ち着かない気分になっていた。ちらりと横目でサクマに助けを求めても、彼は表情を変えずたんたんと箸を進めるばかりだった。おじさんやおばさんにこれ以上質問することはできそうになかった。

途中から料理の味もわからなくなって、やけくそのようにビールをあおった。日中汗でかなりの量の水分を失ったせいか、いくら飲んでもいっこうに酔う気配がない。女がひたすら食べ続けているのを見ているうち、なぜか闘争心に火が点いた。負けじとぐいっとあおる。少し酔ったのかもしれない。酔った勢いでもう一度声をかけてみようと決意して、女が食事を終えるのを飲みながら待つ。すべてを平らげた女が丼をテーブルに、とん、と置く軽やかな音が響いた。と同時に、ぐるんと世界が一回転した。


暗転からの寝起きは最悪だった。頭痛と吐き気、飲みすぎだ。

「親父が謝っといてくれって。調子にのって飲ませすぎたの反省してたぞ」

「う……うん。おじさんは？」

「とうに仕事にいったよ。おふくろは畑。朝飯どうする……って云っても、もうすぐ昼だけど」

サクマはどことなくぼくを憐れんだような目つきで見おろしていた。ともかく起きあがろうと摑まったのは座卓の角だった。つまりぼくはあのまま寝落ちてしまったということになる。はじめての家で醜態を晒した恥ずかしさもあり、痛む頭を気づかれないように何でもないふりをして体勢をたて直した。ついでにあぐらをかき、リラックスしていることを強調する。

「コーヒーでも飲むか？」

「あるのか？」

「おれが帰省したときに飲むだけだから、インスタントだけど。ついでに云うと賞味期限も切れてる」

「何でもいい、もらうよ」

サクマがコーヒーを淹れてくれる姿をぼんやり目で追いながら、ということはあの女はコーヒーを飲まないのか、と再び存在が気にかかった。座卓の隣のテーブルがなくなっていることに気づく。

「お姉さん……だろ。なんか悪かったな」

謝る必要はないのかもしれないが、家族と別の小さなテーブルに追いやられ相手にもされず、えさでも与えるみたいに邪険に扱われた女が不憫だった。それが突然の来客であるぼくの責任のような気がしていた。

「あれが？　冗談はよしてくれ」

さも心外だと云わんばかりにサクマは目を見開き、それから苦笑した。

「謝るのはおれのほうだ。昨日は説明し損ねた。どうせ口で云っても信じないだろうと思ったしな。それによそ者がいるときにあれがどうするのかもちょっと興味があった。まあ、ふつうに出てたな、いつもどおり」

「何の話だよ」

まだるっこしいもの云いに若干いらつきながらぼくはサクマからコーヒーを受けとった。ひとくち啜り、ほっと息を吐く。おばさんがふるまってくれた田舎料理もじゅうぶんおいしかったのだけれど、結局こういうチープで慣れ親しんだ味のほうが落ち着くのだから仕方ない。

「なんて云うかな、あれ、幽霊なんだ」

「は？」

「村のみんなで持ちまわりで世話してるんだよ。昔から……ひいじいちゃんだかひいひいじいちゃんだかの時代から。よくは知らない。おれが物心ついた時にはいたな、ふつうに」

「ふつうふつうって、ふつうじゃないだろ」

ぼくは呆れて指摘した。サクマに担がれているとしか思えなかった。

「だってばくばく飯食ってたじゃん」

「大食いなんだよ、あいつ」

「そんな幽霊いるかよ」

「その証拠に、消えたろ？」

「はあ？」

「食べ終わったら消えるんだ。昨日の晩もすうーっと。あ、おまえ、ひっくり返ったから見てないのか」

なんでちゃんと見てなかったんだと責めている口ぶりだった。そんなことを云われても理不尽このうえない。それならそうときちんと予告しなかったサクマが悪いのだ。てっきり彼の姉かと勘違いして空気を読まなければと気を揉んだのに損した気分だった。

「じゃあ、今はどこに？」

世話をしているというサクマの話を信じれば四六時中その辺にいることになるわけだ。遅ればせながらぞっとした。おそるおそる首をめぐらすぼくをサクマはまた憐れむような目で見つめた。

「夜にならないと出てこないよ。心配しなくても害はないんだ。ただ飯を食うだけなんだから」

「でもこの家のどこかにはいるんだろう？」

「しいて云えば、そうだな、そこかな」

彼が指さしたのは仏壇の前に置かれた石だった。ふかふかの座布団に半分埋もれるように置いてある。桃色がかった色のつるりとした楕円形の石。漬物石だと教えてくれた。

「石に憑いているのか」

「ああ、昔、それで殴られて殺されたらしい。犯人が誰だかわからないから成仏できずにああして出てくる。その姿を不憫に思って飯くらいならって村のみんなで世話することに決めたそうだ」

殺されたとさらりと云ってのける。気味の悪さよりも好奇心のほうが勝って自分から近づいていった。確かにこのサイズの石で殴られたら致命傷にはなりそうだ。そばで見ると石の一部が黒く汚れていることに気づいた。

「これ、血か？」

「さあ、どうだろう、そう見えなくもないけど。ともかく石を持ちまわりでしばらく家に置いて、それがすんだら隣の家まで背負って持っていくんだ。これが年寄りにはこたえるらしい。けっこう重いからな。おふくろにも猫車でいけよって毎回云うんだけど、他のもんに見られると体裁が悪いだのなんだの云ってやらないんだよ」

玄関横にあった背負子は薪ではなく石を運ぶためのものだったのかと合点がいく。民家が点在するこの土地で隣とはいえおぶって運搬するのは大変だろうと容易に想像できる。それも石を置いている間は幽霊の食事の支度までしなければならないのだ。ここに暮らす人々はみんな都会と違ってつくづく人がいいんだなと感心してしまう。

畑からもどったおばさんがそうめんを用意してくれた。

まだ酔いが残る身体にこのメニューは正直ありがたかった。三人で座卓の中央に置かれたガラス鉢から盛られたそうめんを好きなだけ猪口にとり、別の大皿に並べられた具材から数種類を選んで一緒に啜る。ぜいたくでおおらかなそうめんだった。実家ではこんな風に自由気ままに食べたことがなかった。家ではひとりにつきひと皿ずつ母親がきれいに盛りつけたそうめんが出てくる。具材が均等に放射状に広がって、色どりもよく品がいい。それが悪いことではないのだけど、おばさんがつくってくれたそうめんのほうがおいしく感じられた。

そんなことを考えながら放牧された牛並みにのんびり咀嚼していると、そうめんが絡まった小さな氷を気づかず噛み砕き、その冷たさと硬さにふとわれに返る。それでもぼくは賞味期限切れの生ぬるいインスタントコーヒーを啜った瞬間にすべての味を忘れてしまえるのだ。それはつまりどういうことだ？

すぐに答えは見つかった。それはつまり、昨日考えた計画どおり自分だけ先にここを発ち、平凡で退屈な日常にもどったところで何の問題もないということを示している。なのになぜだかいっこうに動く気になれないのだ。

食事中、あたり前だがあの女の幽霊は出てこなかった。

それをどこかでもの足りなく思う自分がいる。いない筈のものがいるとわかったところで無視してしまえばいいものを、お天道さまが一番高いところにあるこの時すでにぼくは夜を待ち焦がれていた。


なんだかんだと理由をつけて、ぼくはサクマの家に居続けた。理由といってもおもに自分に対する云い訳みたいなもので、サクマもおじさんおばさんも特にぼくの長期滞在を迷惑がっているようには見えなかった。日中はそれぞれ別行動なのであまり顔を合わすことがない。近所の人たちを見かけることもめったになく、時おり遠くに農作業中の人影を認める程度だ。静かといえば静かだが、昼は鳥と蟬の声、夜はカエルと獣の声と、意外にも音はそれなりにあふれている。忘れていた夏の音だ。

夕食時には家族全員が集まり酒も入って多少にぎやかになる。ふだんからそうなのか、客がいるからそうなのかわからないけれど、あれがいることでぼくに気を遣わせないようにというおじさんおばさんなりの配慮なのかもしれなかった。

ぼくのほうはというと、遠慮するどころかあれにもだんだん慣れてきて大胆にふるまう余裕が出てきた。はじめはちらりちらりと横目で盗み見るくらいだったのだが、昨夜はついに小さなテーブルをはさんでどかりと腰をおろし、正面からまじまじと見つめた。

あれにぼくの姿は見えていないようだった。試しに話しかけても返事はない。聞こえないとおばさんが云っていたのはほんとうなのだろう。見えていないし、聞こえてもいないのだ。

見事なくらい完璧にあちらの世界にいるくせにこちらの飯だけは食らう。なんて図々しい幽霊なのだろうと呆れつつ、じっくりと観察する。とりたてて美人でもなければ不美人でもない。目は細く少し吊り気味で唇はうすく、この世のものでないからといって口が裂けるわけでもおそろしい形相に変化するわけでもない。ただ食べている。ほとばしる純粋な欲求にまかせて。ヒトの顔をした女がヒトの顔で。猛然と。一心不乱に丼飯をかきこむ姿はいじらしくもある。そう思うとこわさは半減した。

「悪趣味だぞ、おまえ」

食事を終えて部屋にもどるとサクマに注意された。

「あれを肴に酒を飲もうなんて気が知れない。さすがに親父もおふくろも困ってただろ」

「肴にしようなんて思ってないさ。気を悪くしたんなら謝るよ。ただもの珍しいだけなんだ」

「それにしたって、あんな露骨にじろじろ見るやつがあるか」

「そうか？」

怒られる意味がぼくにはわからなかった。この村の奇妙な風習をよそ者に隠しておきたいのなら、石を別の場所に移動するなりぼくの夕食を他の部屋に用意するなりすればいい話ではないか。あれを日常にひっくるめて暮らす彼らからすれば、確かにぼくの行為は余計でにがにがしいものだったかもしれない。でも、サクマ家の人間にとって日常でもぼくにとってあれは圧倒的な非日常だ。それを無視しろと云われるのはなかなか酷な話だと思うのだが。

不満が表情に出てしまったのか、サクマはぼくの顔を見るとやれやれというようにうすく笑った。

「大学にいる時には、ウツミはてっきり事なかれ主義なんだと思っていたがな」

「否定はしないよ。だけど、あれをガン無視できるやつなんているのかよ。何もぼくが特別じゃない」

「どうだろうな」

サクマお得意のグレーな反応。否定も肯定もしないのは彼の自信のなさ故だとこれまで考えてきたけれど、すべてをあいまいなままにしておくべきという暗黙の了解を刷り込まれて生きてきたのだとしたら、それはいったい誰の意思を反映した結果なのだろう。

しばらくの間沈黙が続き、宙ぶらりんな状態に置かれたぼくがその気まずさに話題を変えようとすると、サクマのほうが先に口を開いた。

「明日はどうする？」

「え……っと、どうしようかな」

暗にはやく帰れと促されているのかと疑ってみるが、すずしげなサクマの表情からは何も読みとれなかった。

「おれ、明日昼前に村の寄りあいに出ないといけないんだよ。親父は仕事だし、おふくろからはたまにはあんたも顔を出せってさっき云われてさ。たぶんそこで飯も食うことになると思うから、おまえの相手をしてやる暇がないんだ、悪いな」

「相手なんて今までしてくれてたっけ？」

「してただろ、一応、お客さまなんだから」

ほとんど放置していたくせにそんなことを云う。

「なあ、サクマ」

「ん」

「その、なんだ、寄りあいって云ったっけ。それって部外者も参加していいのか？」

予想外の申し出だったらしく、サクマは驚いた顔でぼくを見返した。

「おまえさ、何か勘違いしてないか。寄りあいってのはあれだぞ、村の会議みたいなもんだぞ。そりゃ飯も会の終わりにちょろっと出るけど、ほとんどは年寄り連中がああでもないこうでもないって延々愚痴を云いあうのを聞かされるだけの退屈な集まりなんだ。わかるか？」

「ああ、何となく。それでもさ、だめか？」

「だめってこともないと思うがな……」

しつこく懇願するぼくをサクマは胡乱な目つきで眺めた。云っていることがおかしいのだろうとは自分でもわかっている。でもぼくは興味津々だった。全員で幽霊を持ちまわりで世話する村の人たちのほうがよほど奇妙で奇特だし、拝んでみる価値はありそうだ。実際あれを目にしてますますどんな人たちが住んでいるのか知りたくなった。夜のあれを除いては、空気がうまいだけで何の刺激もないこの田舎に少し飽きてきたからかもしれない。

「じゃあ決まりだ」

強引に宣言したぼくにサクマは何も云い返してこなかった。

寄りあいが行われる集会所は村のはずれにあった。小さな木造モルタル建ての平屋で外から見るかぎりエアコンなどの設備はないらしく、すべての窓が開け放たれていた。網戸越しに住民の姿がちらほら見える。

サクマとぼくが入っていった正面玄関とは別に勝手口があり、そこを村の女性数名が出入りしていた。中に入ってわかったことだが、そちらは床から一段さがった土間の炊事場で、白い三角頭巾にエプロン姿の女性たちが大きなやかんに湯を沸かしたり給食室にあるような巨大な鍋で何かを煮たりしていた。

部屋には座敷用の低い平机と座布団が交互に敷きつめられ、ぱらぱらと集まった村の人たちがてきとうな間隔を空けて思い思いに座っていく。サクマとぼくも遠慮がちに一番うしろの左端に腰をおろした。みんな顔見知りなのか出席をとる様子もなく、炊事場の女性たちが順に配ってくれる湯呑みを受けとるとずずっと啜りながら近くの者と雑談に興じはじめた。

「ショウヘイ、帰ってきとったんね」

お盆を持った中年女性がサクマに近寄りにこにこと話しかけてきた。よく陽に焼けた、サクマの母親と似た雰囲気のおばさんだった。

「夏休みなんで。もうすぐ帰りますけど」

「ほうね。ミツコさんも残念がるじゃろう」

はは、と困ったような愛想笑いを浮かべ、サクマは湯呑みを受けとった。当然次はぼくの番だ、そう思っていたのに、おばさんはぼくに一瞥もくれないまま湯呑みの載ったお盆を片手にくるりと背を向け、他の住民に愛想よく配っていった。無視されたことに腹が立つよりもぽかんとする。自分の勝手な想像で部外者でもそれなりにあたたかく受けいれてもらえるものとばかり考えていたことに気づく。

「ほら、おれのやるから」

小声でサクマが囁き、机の上の湯呑みをすべらせた。

うわの空で頷き受けとると、これはなかなか油断できないな、と二十名ほどが集まった部屋をゆっくり見まわしながら唇に近づける。口をつける直前、湯気と一緒にもわんとしたにおいが鼻腔を刺激したが深く考えずに飲み込んだ。

「な、これ、酒か⁉」

素っ頓狂な声をあげるぼくの右ひざをサクマがぐっと押さえつける。静かにしろよ、と目が云っている。にしてもてっきりお茶だとばかり思っていたので驚いた拍子に軽くむせてしまった。

そんなぼくに誰も目を向けることもなく会議がはじまった。今日の議題は村の山を切り拓いて大規模な太陽光パネルを設置する計画があるらしくそれについてということだった。もっと身近な小さな問題を話しあうのかと思っていたけれど、偶然にも村の重要な問題に遭遇してしまったようだ。それなのに酒を飲みながらというのが何ともちぐはぐな印象を受けた。

会議は年配の議長と記録係二名によって進められたが、それら進行役とは別に少し離れたところに折りたたみ椅子が一脚あり、そこにスーツ姿の五十代くらいの男性がひとり座っていた。参加者が作業着やTシャツなどのラフな恰好の中では明らかに浮いている。はじめ招かれた企業側の人間かと思ったけどどうも違う。みんなからキトウさんと呼ばれるその男性はたびたび意見を求められたり質問に答えたりして一目置かれる存在のようだった。

サクマに小声で何者かと質問すると、昔からキトウ家は村の顔役ということだった。前にいる男性はその何代目かで市議会議員もしているらしい。どうりで市と企業側との契約云々にもくわしい筈だとぼくは納得した。

「そうは云ってもじゃね、キトウさん。わしら山に入る道がなくなるんじゃけん、どうすりゃええんかいの」

「ダイゴが自分の山を手放して売ったんはええんよ。じゃがその奥の山は分山《わけやま》でわしらみんなの持ちものじゃ。ダイゴの山の道を通るしか方法はありゃせんのよ。道を潰してあんないなげなパネルを目いっぱい並べられたらどこを通れ云うん？　山を整備しようにも道がなけりゃ荒れるいっぽうじゃけんね」

「大雨でも降った日には目もあてられんわ。奥の山は荒れ放題、手前は工事でつるつるのまっ平らになって、土砂災害が起これば一発じゃ。山が村を守れんようになったら誰が責任とるんよ？」

「災害だけじゃないわ。工事で地下の水脈が変わったらどうするんじゃ。ここいら一帯の飲み水が井戸水なのは知っとるじゃろう。井戸が涸れんでも汚染されるかもしれん。ほうよ、農作物への被害だって」

　村の人々の発言が過熱してきたのはさきほどのキトウさんの台詞が発端だった。工事の影響を心配して反対する人たちに対し、太陽光パネルの業者にはすでに市から許可がおりているから工事を断念させることはできないといくぶん強い口調で云いきったためだ。

　完全なる傍観者のぼくはそのやりとりを興味深く、つまりは野次馬根性で生あたたかく見守っていた。分山とか水脈とかふだん聞き慣れない単語を耳にして、自然に近い暮らしをしている人たちにとっては死活問題なのだろうと漠然とではあるが理解できたつもりだった。

　おもに話しているのは年寄り連中で、的を射た意見もあれば何を云いたいのか意味不明の愚痴もどきの意見もあった。事の是非はともかく、理路整然と話すキトウさんのほうがこの場では優勢に思えた。

「みんなの心配はもっともじゃけど、工事が許可された以上、それを今さら白紙にもどす話をえんえん続けても建設的とは云えんでしょう。そしたらこうしたらどうかいね？　業者にいくつか提案をこっちから出して、協定を結ばせるっていうんは」

「どういうことね？」

「たとえばパネルの位置を計画より少し移動させて分山に入る道を確保させるとか、雨水用の調整池をもっと大きいものにして、それでもあふれた水が被害をもたらした場合には業者側に責任を負わせるとかじゃね。定期的な水質検査を実施させる項目も入れたらええ。大切なのは具体的な条件を提示して業者側に了承させることよ。ほいで約束を破った時点で必要な補償をさせる。協定書があればそれも可能じゃけん。どうね？　それで手打ちにせんかいね？」

なるほど、と部外者のぼくも納得する。折衷案としてしごく妥当な意見だと思う。そう考えた者も多かったからだろう、部屋は一瞬しんと静まり返った。

「たいぎい話じゃのう」

突然大きな声を出したのは、前から三番目に座っていた大柄な老人だった。これまでひとことも発していなかったのが、湯呑みの酒をぐいっとあおると、キトウさんをじとっと見据えて赤らんだ顔で云った。

「そがあにえっと云われてもわしら年寄りにはやねこいばっかりじゃわ。要はそんなやつらこささんようにしたらええ話じゃろうが」

方言が他の人よりきついので正確にはわからないが、どうやら太陽光パネルの業者を出入り禁止にするよう訴えているらしかった。きた時から黙って酒を飲み続けていたこの老人は業者と市との契約云々の話などはなから聞く気がなかったようだ。これではふりだしに逆もどりだ。解決の糸口が見つかったころになって絡みだすとは始末が悪いとぼくは顔をしかめた。

部屋はあいかわらず静かで、老人をたしなめる者はいなかった。慣れた光景なのか、巻き込まれるのを警戒しているのか、見まわした村の人たちの顔は一様に無表情で何を考えているのか推しはかることはできなかった。

「ほいで今、あれはどこにあるんかいのう？」

老人が唐突に問いかける。

「うちです」

サクマが返事したので「あれ」があの石、つまり幽霊を指すのだとぼくにもわかった。けれどこの場面でどうしてそんな質問が飛びでたのか理解不能だった。

「ありゃあ立派な、珍しい石よのう」

誰に話しかけているのやら、たちの悪い酔っぱらいのたわごとをこのまま野放しにして時間だけが無駄に過ぎていくのならつきあいきれない。サクマにやめておくよう云われたのに強引に参加したことをぼくは後悔しはじめていた。

「あがあなきれいな石、この辺じゃ見たことがないけん。そうよのう？　みんな」

驚いたのは、老人を厄介者扱いしているとばかり思っていた村の人たちがあちこちからその脈絡のない会話に加わってきたことだった。

「ほうじゃのう、ほんのり桃色でつやつやの、なんちゅう石の種類だったか」

「わしは子どもん時、あれと似たのを見たことあるで。漬物石じゃなかったが」

「ほうね？　どこでね？」

のんびりと天気の話でもするように続いていく。

「どこじゃったかのう。近頃はもの忘れがひどくてかなわんわ」

「キトウさんだったら知っとりなさるんじゃないね。わしらよりよっぽどもの知りなんじゃけ。ねえ、キトウさん？」

話をふられたキトウさんは、「いや、わたしは知りません」と硬い表情で低く答えた。話が変な方向に流れていって明らかに不機嫌そうだった。それはそうだろうとぼくは内心同情した。

「おお、そうじゃった」

ひざをぽんと打つ音が聞こえる。

「キトウさんちのお風呂よの。家に風呂がなかったけん、よう入らせてもらいよった。キトウ家の人間は代々世話好きで、村のもんが何人いっても嫌な顔ひとつせず歓迎してくれたわな。あの大きな風呂が何とかちゅう石で特注品だって云っとったなあ」

「そうそう。わざわざ遠くの県から石切りだしてとり寄せたって自慢しよった。うっすら桃色で何ともいえんきれいな色での。余った石ももったいないけえって庭石にしたり灯ろうにしたり何やらかんやら使うて……」

「漬物石もあったげな」

　この会話だけ聞くと、石風呂をつくったのが目の前のキトウさんの何代前の人物なのか判然としなかったが、それは今置いておくとして、この一連の会話が他愛ない昔話のように見せかけてあるひとつの事実に帰結しそうで胸の奥がざわざわしてきた。ぼくの勘違いかもしれない。でも……。

「風呂も豪華じゃったが、あのころのキトウ家は今よりもっと栄えとってなあ、女中さんもぎょうさんおった」

「うちの親父もそんなこと云っとったわ。わしは知らんよ、聞いた話じゃけえ。確かその中の女中さんが神隠しにおうたとか」

「そうじゃったかいね。昔々の話じゃけ、あんまり覚えとらんが……。そういや、大飯食らいの女中だったか……いや違う、飯もろくに食わせてもらえんと折檻された挙句おらんようになったって噂……」

「そげなひどい話があるか。わしらの尊敬するキトウさんのお屋敷で」

語尾に力を込めてひとりが云うと、それまで炊事場で忙しく立ち働いていた女性たちが手をとめ土間から半分身を乗りだすようにして話に加わってきた。

「大飯食らい云うたら、あれもよう食べるけんね」

「米を炊いても炊いても足りんのよ。そんなんでやれんけ、みんなで持ちまわりで世話しとるんじゃし」

「そう云うちゃるなや。誰に殺されたんかもわからん、あれは不憫な女で。飯ぐらいなんね。あれの無念を思えば、いつかは犯人捕まえてやりたいと思わんね。ありゃあちっともしゃべりゃせんが、はぶてとるだけでようよう聞いてやったらいつかは通じて話せるようになるかもしれん。のう、キトウさん」

老人から声をかけられ、だんだんと青ざめていったキトウさんは「そう……ですね」と返事した。気の毒なくらい汗をかいていた。

「まあ、いくら昔云うてもの、万が一この村のもんに殺されたんならふうが悪いけん、わしらもそこまでしやせんわ。あれの気がすむまで食わせちゃる。それでこの村が守れるんならみやすいことよ。いらんことして藪から蛇が出たらあんたも困ろう？」

「……」

「ま、そういう訳じゃから、キトウさん、あんたがええがあにしてくれんさい。わしら年寄りじゃけ、いたしいことはようわからんけえ」

にこにこと人なつっこい笑顔を浮かべ、老人は茹でダコみたいにまっ赤になった広い額をつるりと撫でた。

寄りあいからの帰り道、ぼくはサクマから数歩遅れて歩いた。訊きたい気持ちはあるけれど、何をどう質問すればいいのかわからない。

あのあと会議はキトウさんが逃げるように帰ってからぐだぐだのまま終了し、いつの間にか宴会へと変わっていた。村の人たちは上機嫌で本格的に酒を飲みはじめ、太陽光パネルの問題なんてそっちのけでその場にいない村の人間の噂話で盛りあがった。

炊事場の女性たちからふるまわれるだんご汁は例のごとくぼくの前を素通りし、その行為に対してもはや何の感慨もわかなかった。気の毒そうにサクマがそっと自分の汁椀を差しだすのを機械的に受けとると、今度は椀の中をじっくりと観察してから口に運んだ。白味噌仕立ての汁の中に大根やニンジンや里芋、油揚げや鶏肉が入っている。弾力のあるだんごを咀嚼した時だけ、「へえ、白玉なんだ」と口にした。それ以外ひとことも発しなかった。

「この辺じゃ、お月見にだんご汁を食べるんだよ」

サクマの説明を聞きながら、夏休みっていつまでだっけ、とぼんやり考えた。ここにきてどれくらい日数が経ったのか一瞬わからなくなる。酒とだんご汁でいい加減身体が熱くなって、それでも肩甲骨のでっぱった部分がうっすらと寒く乖離したみたいな変な感覚もあって、汗をかいたあとの気化熱として奪われていくものの中にぼくの一部も破れて流出しているのではないかと本気で疑いそうになった。

前を歩くサクマも集会所を出てから何も云わない。

夕方でもまだ陽は高く、遠くでヒグラシが鳴いている。昼の鳥と夜のカエルがそれぞれの声と重なりあい、重なるほどにうち消しあい、静かだ。うるさいほどの静けさの中でヒグラシの鳴き声だけがまっすぐ耳に届く。思いきって話しかけた。

「なあ」

「なんだ」

「あれって、いつものことなのか？」

「だんご汁のことか？」

立ちどまらずにサクマはとぼけた返事を寄こす。

「はぐらかすなよ」

「じゃあ、何だよ」

「あれはあれに決まってるだろ。この村の人たちがあれを世話してやる理由。あれじゃあ、まるで人質だ」

「ヒトじゃないけどな」

むっとして云い返す。

「じゃあ、幽霊質だ」

「ユウレイジチ……云いにくいな、舌噛みそうだ」

「いい加減にしろよ」

低くうなるとやっとサクマが足をとめた。ふり返り、飄々とした態度を崩さずに軽く肩をすくめた。

「どうしておまえが怒る？」

「知らない。けど、気分が悪い。ヒトじゃないっておまえは云うけど、かつてはヒトだっただろ、違うか？　それをあんな交渉の道具みたいに……」

「本気でそう思っているのか？」

心なしかサクマの目つきが鋭くなった気がする。

「あ、ああ」

ほんとうは彼が何について「本気」かと訊ねたのかよくわからなかった。でもここでひるむわけにはいかなかった。

「じゃあ、ウツミ。訊くけどな、おまえはあれをヒトだと思って見ていたか？　そうじゃないだろ。せいぜいが水槽の中の金魚、見世物小屋の珍獣くらいの扱いさ。こちら側にいるからおもしろがって堂々と観察できる。物見遊山でついてきたおまえにとやかく云われたくないね」

「それはだって」

「いいんだ。責めてるんじゃない。あれをどう扱おうと自由なんだよ。誰が間違っているとかそういう話じゃないんだ。つまり問題にすること自体がナンセンスだってこと。だから今ここでおれとウツミが云い争うのもなんか違うっていうか」

「そうなのか」

「そうだ」

いつもなら「どうだろう」と言葉を濁す彼がきっぱりと断言するのでそれ以上続けられなくなる。あれの存在理由なんてぼくにわかる筈がない。あれにもわからないだろうと思う。もしかしたらただ食うだけの存在にこちらから役割を与えることで、あれはこちらの世界に生き続ける（正しくは死に続ける）ことができているんじゃないだろうか、サクマの言葉を聞きながらぼくは考えた。

「これまでにもいろいろあったんだ。ゴミの不法投棄、廃車置き場、産廃業者や新興宗教……全部を知ってるわけじゃない」

サクマはぐるりと周囲を見渡しながらひとりごとのように云った。

「ここは何もない村だけど……だからこそさ、何もないを続けるのもそれなりに知恵が必要になるってことかな」

つられてぼくものどかな田園風景に目を向けた。もし仮に眼前に広がる景色が百年前のものだと教えられても迷わず頷いてしまいそうな、そんな有無を云わせない不変性がそこにはあった。いい悪いではないのだとサクマは云っているように思えた。好きか嫌いかでいえば気にいらないやりかたには違いないけれども、どだいよそ者のぼくが非難できる立場ではなかったのだ。

「悪かったな」

「謝るのも違うけどな」

ちょっと困ったような顔でサクマは云うと、前を向いて歩きだした。数歩歩いてまたとまり、今度はふり返らず背中で告げた。

「おまえさ、あれをあんまり見るなよ」

「？」

「あれは見ないくらいがちょうどいいんだ」

山のふもとの病院までおばさんを車でつれていくというので、その日ぼくはおとなしく留守番することになった。そこは県北で唯一の総合病院という理由で近隣の町からの患者で常にあふれ返っており、診察だけでゆうに半日はかかるという。おばさんは検査もいくつか受ける予定のため、帰りは夜になるかもしれないとサクマは云った。

勝手知ったるなんとやらで、ぼくがてきとうに過ごせばいいだけの話だが問題がひとつあった。もちろんあれの世話だ。おばさんが前日にじゅうぶんな食事を用意してくれていたので、冷蔵庫からそれを出したりレンジであたためたりするだけで準備はととのうというのに、サクマは「なるべくはやく帰るようにする」としぶい表情を見せた。

「夕飯出すだけだろ。米くらい炊けるし、そんなに心配してくれなくても大丈夫だよ。ぼくのことよりおばさんの心配すれば」

「おふくろのは持病で月一回の通院日ってだけだ。たまたま定期検査が重なったせいで時間がかかるけど過剰に心配するほどでもないさ。親父の職場が今日送別会じゃなかったら休みがとれたし、おれがいく必要もなかった」

「まあそう云わずにたまには親孝行しろよ」

自分のことは棚にあげ、諭すように云った。

「わかったよ。帰る前に電話するから」

「うん」

頷きながら、新婚家庭の会話みたいだなと心の中で苦笑する。

ふたりが出かけたあとも特に何をするでもなくだらだらテレビを見て過ごす。このあたり一帯はケーブルテレビだということで意外にも映りはいい。屋根にアンテナのない家が多いのはそのためだ。たまに残っている家は外すのが面倒でそのままにしているか、ノイズ混じりの砂嵐のような画面を我慢して見ている家だという。それでは役に立たないだろうと思うのだが、ラジオ代わりと考えればわりと平気なものらしい。すでに視力が落ちて見えづらい年寄りだけの世帯も多く、そういう家庭では見える見えないはさほど重要ではないそうだ。ぼくみたいな若者にはとうてい理解できない話だけど。

昨日から冷蔵庫に冷やしてあったスイカを切って昼飯にした。もともと果物全般そんなに得意なほうではなかったのに、ここにきてよく食べるようになった。縁側に座って手首に滴った甘い汁をちゅうちゅう吸っていると自分が何か虫になった気がした。カブトムシとかクワガタとかそういうかっこいい甲虫ではない、もっと手の中でくしゃりとあっけなく潰れそうな虫

——視界の隅に庭でひっくり返った蟬の死骸を捉え、ああいう感じの虫、と思う。

食後にとサクマ用のインスタントコーヒーを失敬しようとしたところ、瓶の底が透けて見えるのに気づいた。一杯分は何とかありそうだが彼の分は残らないだろう。そろそろ帰るべきなんだろうな、と思った。

うすいコーヒーに口をつけ、立ったままゆっくりと啜る。どうしてだかいつもぬるい。きっとポットが壊れているんだろう。やかんで沸かせばいいのだろうが、他人の家のガスコンロにはおいそれと手を触れてはいけないような気がする。あくまでぼくの見解だ。

カップを手に縁側にもどろうとしてふと視線のようなものを感じた。まさかあれか、と石を見ても変化はなく、第一方角が違った。庭の垣根の向こうから誰かがこっちを見ている。黒いひげに覆われた中年の男だ。うろうろしながら首を伸ばしたり縮めたりしているのが丸見えだった。髪の毛もぼさぼさで清潔感がなく、明らかに不審な動きをくり返すので気になった。近所の人かもしれないと思うと大きな声を出すわけにもいかず、ぼくはその人物に遠慮がちに声をかけた。

「あの、何か……」

声が届いたかどうかわからないが、男はきょろきょろと左右を見まわすと焦ったように駆けだし姿を消した。いったい誰だったんだろう。田舎は鍵をかけない家も多いので空き巣に狙われることもあるという。しかし泥棒だったらもう少しうまく隠れるだろうとぼくは首をひねった。

　夕方サクマから電話があった。検査のあとの説明がまだ残っているためやはり帰りは夜になるという。先に食べておくよう云われ、申し訳なさそうにあれの食事も頼むとつけ加えられた。もとよりそのつもりだったので別に問題はないけれど、昼間の不審人物のほうが気になって男の風体を説明すると、彼は隣人のテツオだと即答した。

「テツオのことなら気にしなくていい。うちにあれがいるときはいつもああなんだ。そろそろ自分の番だと気になって様子を窺いにくるんだよ」

「その人ってもしかして寄りあいで噂になっていた人か？」

「そうだ。だから放っておいてくれていいから」

「わかった」

　男の素性がわかってほっとしたが、会議のあとの宴会でさんざん村の人たちに噂され笑われていた人物だと知って複雑な気分になった。その噂とはあれに惚れているというものだった。テツオはひとり暮らしの男やもめで、あれが家にいる間、女房のように扱うらしい。もちろんあれと意思疎通できる筈はなく、一方通行の片想い、つまりおままごとみたいなひとり芝居のそのさまをみんなでさも見てきたように身ぶり手ぶりでおもしろおかしく披露しあい、笑うのだ。酔いも手伝って語り手が変わるごとにだんだん内容もエスカレートしていき、あれに触れないからピンクの石肌を撫でて夜な夜な自分を慰めているといった猥談が飛びだしても、眉をひそめるどころかますます笑いが爆発した。あけすけというか下品というか、娯楽のないところでは結局こういう下ネタで盛りあがるしかないんだなとげんなりしたのを覚えている。

　そのテツオを実際に目撃して、見るからに不潔そうで挙動不審なところはいじられやすいキャラクターなのだろうとは納得できた。誰かがちょっと足らないと表現していたのも悪いが頷ける。あれに恋する時点でそうとうな変わり者であることは間違いないだろう。サクマの云うように関わらないほうが身のためというものだ。

　ぼくは気持ちを切りかえて米を炊くことにした。どれくらい炊いたらいいか聞きそびれてしまったが、とりあえず炊飯器の最大目盛までセットした。余ってもおばさんが何とかしてくれるだろう。炊けるのを待つ間に冷蔵庫からつくりおきのおかずを出したり皿を用意したりした。あれ専用の折りたたみテーブルに自分の箸を向かいあわせで並べたのは、単にそのほうが準備と片づけが楽だろうという安易な気持ちからだった。

　炊きたてのごはんを丼に山盛りに注ぎ、テーブルの上に、どん、と置いた。

　次の瞬間、どこからともなく現れたあれが丼飯を抱え込むように座っている。むろんぼくのことは眼中になく、見ているのはテーブルの上のおかずと手の中のつややかな米粒だけだ。食べることだけに執着する女を見て、果たして恋心など抱けるものだろうか。それも相手は幽霊、こちらの存在にも気づいていないというのに。

ぼくは不思議な心持ちであれをじっと見つめた。サクマに注意を受けてからあまりじろじろ見ないよう気をつけていたので、こんなにじっくり観察するのはひさしぶりだった。

髪をふり乱し、着物のすそが乱れるのも気にせず、口もとに米粒がついてもかまわずがっつく女。一切音を立てない不自然さがこの世のものでないことをかろうじて示しているものの、食べるという行為自体はリアルそのものだ。考えてみればこんなにも他人が食す姿を凝視する機会がこれまであっただろうか。

人間の本能的な欲求である睡眠欲、性欲、排泄欲なんかもそうだけど、それらを貪る姿を他人に見せることはほとんどない。見せるのはほんとうに近しい心を許した相手だけだ。つまりより動物的で、より無防備な状態を他者に晒しても何の得にもならないし、逆に攻撃されるおそれだってある。食欲もそれに近い。ふだん一緒に食事をしていてもお互い食べる姿から微妙に視線をそらすのは、そうすることで敵意がないことを無意識に表しているためではないか。

あれが食べる姿を見ていて飽きないのは、諸々ひっくるめてすべてをさらけ出した相手に対して気を遣う必要がないせいだ。ある種の安心感と万能感といえばいいだろうか、ひとつ上の別次元から眺めている感じがして、自分の中の何かが満たされるのかもしれない。

たとえばテレビで大食いタレントの豪快な食いっぷりを見て笑っている感じか。いや、あれは向こうも見られるのを前提にしているのだから訳が違う。一番しっくりくるのはサクマがぼくに云った「水槽の中の金魚」という表現だ。彼はぼくを諫めるためにてきとうに例を挙げただけかもしれないがそれが正解だと今はっきりわかった。金魚はエサが降ってくることに何の疑問も抱かない。目の前に落ちてきたと同時に躊躇なく食らいつくだけだ。それを与えた大きな手が頭上に存在することに死ぬまで気づくこともなく。だから安心して愛で、いくらでも眺めていられるのだ。

ぼくは食事も忘れてずっと考え続けた。何をそんなに真剣になっているのか自分でもよくわからなかった。目の前ですでに出された料理を半分ほど平らげているあれをのんきに眺めていればよかったものを、昼間見たテツオや村の人たちの姿がなぜかちらつき落ち着かない。しばらく考えて、ぼくはぼくなりの役割を改めてあれに与えたがっていることに気づいた。

あれをどう扱おうと自由だとサクマは云った。

それはつまり、ぼくのようなよそ者が好きにしてもいいという意味なのだ。この解釈は間違っているだろうか。村を守るための幽霊質としてあれがいるのも、テツオの性的欲求を満たすためにあれがいるのも、それぞれが自分の勝手な理屈を押しつけているだけじゃないか。だったら今ぼくが身勝手な理屈をこねくりまわしたところで非難されるいわれはない。

そろそろ食べ終わりそうだ。けれど箸のスピードが緩む気配はなかった。猛然と、しかし一定のリズムで次々に消えていく食べものはどこへ向かうのだろう。あれだけの量を腹におさめてもあれの顔はけろりとしている。特に満足した様子もなく、空の丼をテーブルに、とん、と置く。それを合図に姿が消えた。いつものとおりだ。

消えたあたりに未練たらしい視線を投げかけ、あれをいつまでも見ていたいと願うのはぼくがさみしいからだろうか、と考えた。こんな田舎までたいして仲がよかったわけでもないサクマにのこのこついてきたのも同じ理由か。それはちょっと違うだろ、と頭の中で別の声がする。そうだよな、違うよな。確かにぼくは未来の見えない空虚な身体をもて余してはいたけれど、それは人恋しいからじゃない。それではぼくがかわいそうな人間という結論になってしまう。あれはヒトじゃない。ヒトでないからあれを飼いたい。誰にも邪魔されないところであれを愛で、ぼくはぼくの中の飢餓感を満たしたい。

与えるべき役割が見えてきたところでやっと自分の箸を持ちあげた。口に運んだごはんは冷え切って、噛んでも味がしなかった。サクマとおばさんがもどってくるまでに何とか完食しようと無理やり胃の腑へと送りこんでいく。

「ああ、コーヒーが飲みたいな」

呟く口の中は妙にざらついていた。

食器の片づけをし終わったころ、サクマとおばさんがもどってきた。検査結果は問題なくひと安心ということだったが、おばさんは疲れて夕食も食べず早々に寝てしまい、サクマも夜の運転と慣れない病院のつきそいのためかくすんだ顔色をしていた。

「悪かったな、ひとりにさせて」

「いいけど、その云いかたどうにかしろよ。今朝も思ったけど、新婚家庭じゃないんだから」

「そうか？」

「そうだよ」

だるそうにあぐらをかくサクマに、「茶漬けでも食べるか？」と声をかける。

「ああ、ありがとう」

いそいそと茶漬けをつくりはじめる姿はやっぱりどう見ても新妻だろうと自嘲しながら、さきほどまで考えていた計画へのうしろめたさもあってサービス過剰になっている自分に気づく。

「おじさんは？　送別会って今朝云ってたけど、帰り遅くなるのか？」

「今日は帰ってこないよ。帰る便がないからな。飲みのときは誰かの家に泊まらせてもらうかどうかして次の日に帰ってくるんだ。ちゃっかり明日休みにしてたしな」

「へえ」

「田舎あるあるだよ」

こういう僻地だとふもとの町にも代行業のようなサービスはないのだろう。タクシー代も高くつきそうだ。どこかで泊まるか時間を潰して帰ってくるほうが賢明ということか。

「茶漬け食ったらおれも寝るわ」

「疲れてるんだろ、そうしろよ」

すでにとろんとなったサクマの目を見ずにぼくは答えた。

ふたりが寝静まったころ、ぼくは行動を起こした。二階の部屋を覗くとベッドのサクマは珍しく軽いいびきをかいて寝ていた。階下のおばさんの部屋からも音がしないのをドア越しに確かめて居間に入る。家が広いので少々の物音なら気づかれないだろうという自信があった。

仏壇の前の石もふくふくとした座布団に包まれて眠っているように見えた。あれに眠りという概念があるのか定かではないものの、これから行おうとしていることに目をつぶってくれていると考えれば少し気が楽だった。あれは神さまではないのだから罰あたりな行為とはいえないだろうと思っても、この村の人たちから見ればほとんど同じ意味になるだろうから。

ぼくは持参したリュックのファスナーを開き、畳の上に置いた。中身のほとんどを別のスーパーのレジ袋に移してサイドにくくりつけ、中にはタオルやＴシャツなどのやわらかい布類だけを残した。石を傷つけないための配慮だった。

そっと石に触れてみる。触れたのははじめてだ。

ぬるい夜の空気の中で、石はひんやりと押し黙っていた。ピンクがかった石肌の手触りはなめらかで心地よく、その冷たい感触も何度かこするうちに少しあたたかみを帯びてきて、ふっとテツオのむさ苦しい顔が脳裏に浮かんだ。どきりとした瞬間、内側から何かに押し返された気がしたが錯覚だと自分を落ち着かせる。

石の見ために変化はなく、余計なことを考えている間にさっさと作業を終わらせようと心に決めた。意を決して持ちあげると、心配したほど重くはなさそうでほっとした。タオルで軽く巻き、リュックに丁寧に入れて肩に担いだ。大丈夫、いける。もう一度重さを確かめるように背負い直す。不思議なことにあまり重さを感じない。緊張のあまり感覚がおかしくなっているのかもしれない。それならそれで一気に歩いてしまおう。ぼくはすり足で急いで部屋を出た。

玄関で屈んでスニーカーを履く間、サクマに気づかれて背後から声をかけられるんじゃないかとひやひやした。けれど家はしんと静まったままで、ぼくはそろりと泥棒みたいに外に出た。みたいに、じゃない、ぼくは正真正銘の泥棒だった。だけどあれが誰の所有物なのかほんとうのところみんなわかっていないのだから、これはただの物体の移動に過ぎず、自分は裁かれるべき対象ではないのだとも思った。

カエルの声が騒がしい。街灯はなく、月あかりだけが頼りの道を歩く。星が近い。田んぼの水が夜空の光をわずかに反射し照る。少しずつ目が慣れてくると、濡れた道の上を何十匹もの小さなカエルが跳びかかっているのが見えた。踏むかもしれないと一瞬足がすくみかけたが今はそんなことにかまっている場合ではない。少しでもはやく村から離れておきたかった。

奇跡的に足裏に嫌な感触を覚えることもなく、ぼくは村の入り口までたどり着いた。行きにケモノ道だと云ってサクマに訂正された道だ。鬱蒼とした木々が覆いかぶさり、昼間でもあれだけ暗かったのだから夜なら半端なく暗いだろう。ぼくはためらいがちに足を踏みいれた。数歩歩いて思わず立ちどまる。そこは完全な闇だった。やっと慣れてきた暗がりの視力も太刀打ちできないくらいの。自分が目を開けているのかどうかさえもわからない。それならば、と両目をぎゅっと閉じた。われながら莫迦げているとは思うけれど、この痛いほどの漆黒の闇の中で目を開けているほうが恐怖に押しつぶされそうに感じたのだ。

道は一本道の筈だ。まっすぐいけばじきに抜ける。ぼくは自分に云い聞かせ、前に進んだ。目を瞑っていると他の感覚が鋭敏になるのか、いろんな音が聞こえた。ゆっさゆっさとリュックの中で石が上下する感覚。ぼくが石の足になったような気がする。それともぼくがあれをおぶって歩いているのか。風に木の葉のこすれる音が耳もと近くで大きく聞こえる。あれの長い髪が風になぶられる音。夜露がひとしずく首を伝う。あれの涙かよだれか、あるいは血か。夜の吐息。ぼくの吐息とあれの吐息。確かなものなんて何もない。この世界で確かなものなど何もないのだと強く思う。

石の重さが消え、ぼくの重さが消え、飛ぶように駆け抜ける。ほんとうに飛んでいるのかもしれない。どこまでも走っていけそうだと思っていても終わりはふいにやってきた。まぶたの裏がほんのりと明るくなり、道はここまでだと告げたのだ。

よろよろとバス停のベンチに座り込む。通りに人影はない。始発のバスがくるまでここで待つつもりだった。他に帰りかたを知らないのだから仕方ない。リュックを身体の前にまわし、抱きかかえるようにして座り直す。うつらうつらしながら待つうち、徐々に空が白んでくるのがわかった。夜が明けたのだ。逃げおおせたのかわからないけれど、それだけで少しほっとした。

朝の光が増すにつれ、通りを走る車をちらほら見かけるようになった。そのうち坂をのぼってくるバスの姿が見えはじめた。ぼくが乗る予定のバスとは逆方向だがあれが車庫までいってもどってくるのだろうか、と目で追っていると、反対側のバス停でとまったのでちょっと驚いた。こんな早朝にこの場所に用がある人間がいるとは予想外だったからだ。続いて降りてきた客の顔を見てぼくは焦った。なんとサクマのおじさんだ。まさか朝一番で帰ってくるとは。こんなところで鉢合わせるわけにはいかないと咄嗟に時刻表の裏に隠れた。

ぼくの慌てぶりに気づく様子はなく、おじさんはくるりと背中を向けて歩きだした。まだ酔いが残っているのか足どりがどこか怪しい。耳を澄ますと鼻歌まで聞こえてくる。上機嫌でおじさんはひょいとあのわき道に入っていった。ふわふわと夢心地で家に帰りついたおじさんを待つのが、酔いもいっぺんに醒める混乱と騒動であることを申し訳なく思った。

自分のアパートにもどったぼくは疲れ切っていて、何もかも投げだしたい衝動を何とかなだめるのに必死だった。まずはリュックから石を出し、そっとベッドにおろす。安定感のある座布団のような置き場所がないのでとりあえずという感じだ。着がえるのも億劫で床にへたり込む。窓を開けたいところだが立ちあがる気力もなく、手を伸ばして何とか届いたエアコンのリモコンのスイッチを入れた。

目を閉じ、すずしい風が送られてくるのをいくら待ってもやってこない。うすく目を開け、エアコンが作動していないのを知るとぼくはさらに脱力した。留守の間に暑さで故障したのだろうか。このまま溶けてしまいそうだ。だらんと床に寝そべり、もうどうだっていいやと捨て鉢な気分でもう一度目を閉じた。

次に感じたのは猛烈なのどの渇きだった。どのくらい眠っていたのかわからないが、からからでのどの奥がへばりついたような息苦しさを覚えた。とにかく何か飲もう。ぼくは重だるい身体で冷蔵庫ににじり寄った。開けると冷気が頬に触れ、少しだけ活力をとり戻す。冷蔵庫の中身はほとんどなかった。あるのは缶ビールだけ。いつでも飲めるようダース単位でストックを切らさない自分を心からほめてやりたかった。

冷蔵庫のドアを開け放したまま、ビールをごくごくと流し込んだ。強引な炭酸の力でのどの奥が開いていくのがわかる。一缶飲み干したところで、ふうっと大きく息を吐いた。それでも渇きはなかなかおさまらず、次々に缶を開ける手がとまらない。途中から少しマシになってきたのでローテーブルまで移動した。たった数歩の歩行にもかかわらず、一気に酔いがまわってきたのか足もとはかなりおぼつかなかった。ベッドの端をいつものように背もたれ代わりに体重をあずけると、ぼくは持っていたビールの缶を、とん、とテーブルの上に置いた。

その途端、あれが目の前に現れた。

数秒遅れでぼくは、しまった、と小さく舌打ちした。いつの間にか夜になっていたのだ。酔いでまわらない頭を働かせ、どうにかしなければと焦った。冷蔵庫にてきとうな食材がないのはさっき確認ずみだ。ならばインスタントラーメンか缶詰か、そういう保存がきくものなら探せばある筈だった。

あれはビールの缶をじっと見ている。けれど手を伸ばす気配はない。これでは腹の足しにならないと暗に訴えているのかもしれなかった。急かされた気持ちで立ちあがりかけたぼくは、中途半端な体勢でしばらく静止したのち再びすとんと腰をおろした。どうしてぼくがあれに命令されて動かなければならないのだ。勝手に勘違いして出てきたほうが悪いのだ。このまま無言の圧力に屈してしまっては、どちらの立場が上なのかわからなくなってしまう。

酔っぱらいの尊大さでぼくはそんな風に考えた。言葉は悪いけれど、ご主人さまが用意するまでおとなしく待ってろという気持ちだった。おもむろに立ちあがり、ぼくはぼくのために新たなビールを用意した。冷蔵庫から出してきたのをきちんとグラスに注ぎ、もといた場所に座り直す。

さっきと同じ姿勢で待っているあれを肴にちびりちびりと飲みはじめる。悪趣味だとサクマに指摘された時、そういう意図じゃないと反論したけれど、今自分がやっていることはまさにそのとおりだった。あれを愛で、自分を満たしたいという欲望がおかしな方向にねじ曲がっているのを自覚する。放置プレイなんて唾棄すべき行為のひとつだと思っていた筈なのに、いったいどうしてしまったんだろう。

食べていないあれを見るのは見てはいけないものを見ているような背徳感があった。こちらの存在に気づいていないとはいえ、もっとも重要な「食べる」という根本の存在理由を剝ぎとられたあれの身体からは何ともいえない所在なさが漂っていた。じきにぼくはあれのわずかな変化に気がついた。テーブルの一点に固定されていた瞳が左右に揺れ、そのうちきょろきょろと落ち着かなげに動きはじめた。明らかに何かを探す仕草だ。感情を見せないあれの動揺がさざ波のようにぼくに押し寄せ、どう云ったらいいだろう、甘酸っぱいような気持ちがこみあげてきたのだ。

もう隠し立てする必要はない、ぼくはこの状況を楽しんでいた。酔いでしびれた偏狂的な悦びだとしてもそうなのだから仕方がない。このまま食事を与えずにいたら今度はどうなるだろう。ぼくはそれによってあれに起こる変化をつぶさに見届けたかった。

かれこれ丸一日何も食べずにいるというのに、ぼく自身まったく空腹を感じていなかった。極度の疲労とアルコールの過剰摂取によるものかもしれないが、そんなことはどうでもよかった。次にあれは視線だけではなく首もゆっくり動かしはじめた。時おり切なそうに眉を寄せ、顔を歪める。その表情は空腹に耐えかねているようにも、目には見えない苦痛をこらえているようにも見えた。きわめて緩徐に過ぎる時間の中で、確実にダメージを与え続けられていることにぼくは満足していた。

とうとうあれが立ちあがった。身の置きどころがないといった様子で右に左にと部屋をうろつきはじめる。立ちあがると田舎くさい地味な着物は丈が短くつんつるてんで脛が丸見えだった。そちらをなるべく見ないようにして動きにだけ注視すると、あれは目的もなくただおろおろしているだけに思えた。部屋を物色し食べものを漁るといった積極的な行動を起こすわけではないらしい。そもそもそんな知恵はないのかもしれないし、あちらの世界にいるあれにとっては与えられたものしか認識できない理屈なのかもしれない。

村では無表情だったあれが見せる多彩な顔つきや動作にぼくは昂揚した。テーブルの横に転がったビールの空き缶の数も増えていくばかりだ。今のぼくはあれ並みにいくらでも飲めたし、飲み足りるということがなかった。どれくらいの時間が過ぎただろうか、部屋中をうろつくあれにもさすがに飽きてきた。動物園のクマだって芸もなく檻の中をいったりきたりするだけではおもしろみがないというものだ。

そろそろ終わりにしてやろうとぼくはグラスに残ったビールを一気にあおった。何か食べものを与えれば、あれはおとなしく消えるに違いない。先は長いのだ。今夜はこのくらいで許してやるかという温情のつもりだった。

テーブルにグラスを置こうとしたぼくの手がとまった。何かおかしい、違和感のようなものを覚えたのだ。テーブルの向こうに脛が二本、静止したまま白く光っていた。あきらめたのか。そろそろと顔をあげた。

あれがぼくを見ていた。

瞳には静かな怒りと焦燥がくっきりと浮かんでいる。目と目が合った瞬間、ぼくは何かに貫かれたみたいに動けなくなった。間違いなくあれはぼくの姿を捉えていた。ガラス越しに飢えて泳ぎまわる金魚を悠然と眺めていた筈が、気がつけば自分が水中にひきずり込まれていたのだった。ぼくは酸素を求めるように口をぱくぱくさせて喘いだ。冷たい汗がこめかみを伝う。あれの目つきがますます険しくなり、ついにはぼくをきっとにらみつけると、恐怖に耐えきれなくなった身体が意味不明の言葉を叫びながらベッドの上へと飛びすさった。握っていたグラスが床に落ちて砕け散る音と壁に背中をぶつける鈍い音がほぼ同時に響く。

「……消えた」

ぼくは呆けたように呟いた。あれの姿はどこにもなかった。でも、どうしてだ。

狐につままれたような気分だった。ぼくはまだ身動きできないでいた。ななめ前方の石に視線を彷徨わせる。さっき飛びのった勢いで多少位置は変わったかもしれないが表面上は何も変化は見られなかった。別の理由を探そうとして目線をずらし、しわの寄ったシーツの上に細い光のすじが伸びるのを認めた瞬間、ぼくの疑問は氷解した。その光の正体は閉め切られたままのカーテンのわずかなすき間からさし込む陽の光だった。朝だ、朝がやってきたのだ。

ひょっとしたらぼくは命拾いしたのだろうか。大げさじゃなく、あのあともあれとふたりきりでいたらどうなっていたかと想像するとぞっとした。ともかく助かった。それだけは確かだった。

心の底から安堵のため息を吐こうとしたその時、玄関のドアが大きく無造作に開いて、それこそ心臓が口から飛びでるくらいに驚いた。

「ひどいにおいだな」

そう云って現れたのはサクマだった。

「……っ」

びっくりしすぎて咄嗟に声が出なかった。部屋の鍵を自分がかけていたかどうかも思いだせない。

サクマは遠慮なく部屋にずかずかとあがり込んだ。右手にキャリーバッグ、足もとはなんと土足のままだ。

「おい、いくら何でも土足はないだろう」

ベッドの上から抗議の声をあげたが聞こえなかったのか、彼は躊躇なくこちらにやってきた。石を一瞥し、忌々しそうに唇を歪める。

「ばあちゃんの云ったとおりだったな。よそ者はあれに魅入られることがあるから気をつけろって云われてたのに……。テツオみたいに住みつくんならまだしも、まさか石を盗みだすやつがいるなんて思ってもみなかった」

ぶつぶつとひとりごとのように呟きながら、手早くキャリーバッグを寝かせて開けた。こちらを全然見ないのでこれはそうとう怒っているのだろうとぼくは判断した。

「サクマ、悪かった。ほんとうに反省してるんだ、このとおり。それより聞いてくれよ、昨日の夜あれが……」

「村の連中にばれないうちにもどさないとな」

まったく無視して石を持ちあげる。ひどく重そうだ。

「よくもまあ、こんなところまで運んでくれたもんだよ」

侮蔑の表情を浮かべ、あまつさえチッと大きく舌打ちされ、こちらは頭をさげて謝っているのにその態度はないだろうという気にもなる。どうすれば赦してもらえるかわからず途方に暮れるぼくの前で、サクマはさっさと石をバッグに詰め、立ちあがった。

「怒ってるのはわかったから、ちょっとぼくの話も聞いてくれ」

このまま去ってしまう気なのかと焦りで語尾が震える。どうしたことだろう。ひとりになるのが無性にこわい。情けないけどぼくはサクマにそばにいてほしかった。昨日の夜のあれを共有してほしかった。もしかしたらこのさきも、分かちあう存在でいてほしかったのだ。

「なあ、サクマ、頼むよ」

追いすがるぼくの声にもふり返らない。部屋を出ていこうとする姿にたまらずベッドから飛びおりた。そして思いだした。着地した床には割れたグラスの破片が無数に散らばっていたことを。

「ぼくを――置いていかないでくれ」

流血も、痛みすらない自分の両足を呆然と見おろしながら、ぼくは消え入りそうな声で呟いた。

ドアが閉まる。

石の重みでキャリーバッグの車輪が悲鳴をあげている。遠ざかるその音だけがいつまでも耳に残った。

レースの村

キャベツの葉がレース状に食い荒らされている。

これは青虫ではなく、夜盗虫だ。彼らはやわらかい葉の部分しか食べることができないのだ。

わたしは外側の一枚をちぎり、朝陽に透かしてみた。葉脈を見事に残し、その間がうすい半透明の膜でつながっている。早朝の冷たい空気のなか、夜露に濡れてなまめかしく光り、それが一瞬、透きとおるような白い肌に浮きあがった血管に見えた。まるでサナさんの肌みたいだ。

さぼっていると「めざめの会」で怒られるので、わたしはすぐに作業をはじめた。怒られるのは慣れているけれど、みんなの食事の時間が減るので申し訳ない。それからさらにお説教が長引くと学校にも遅刻してしまう。

作業用のジャージのズボンのうしろポケットから、わたしは虫とり用の箸をとり出した。中央に「ウヅキ」と油性マジックで書いてある。卯月というのはわたしの名前だ。つまり、この箸はわたしのだ。食事用の箸は村のみんなで共用なのに、よく考えればおかしな話だと思う。

食堂の箸に限らずここではほとんどが共用だった。トイレやお風呂は順番が決まっていて、服や靴は村の子どものおさがりだった。村には女性しかいないので、それで困ることはあまりなかった。誰かに何かを借りることは当然で、恥ずかしいことでも何でもない。わたしはこの村でそう教えられて育った。実際、村は村という名前ではあるけれど、ひとつの大きな家族なのだった。村長の云うとおり。わたしには流動的ながらも十数名あまりのママと、その半分ほどのシスターたちが常にまわりにいる。だからさみしいと思ったことは一度もなかった。

小さな虫を丹念に箸でとり除き、スニーカーの靴底で踏みつぶす。次々と、粛々と。彼らが憎いわけではない。こんなところにいなければ踏みつぶされることもなかっただろうな、と少しかわいそうな気にもなる。キャベツを丸かじりできなくて、残骸のレースを控えめに残していく姿はいじらしくて案外好きかもしれない。でも、キャベツが売りものにならなければ村のみんなが困ってしまう。わたしは口を真一文字に結び、作業に没頭する、ふりをする。

気が散ってしまうのは、箸の頭についたきらきらのせいだ。デコ、とハルカは云っていた。携帯を持つことは村で禁止されている。だけどなぜかハルカはこっそり持っている。「いけないんだよ」とわたしがたしなめたら、「ばれなきゃいいのよ、卯月、生意気」と頭をこつんとされた。確かにわたしは生意気かもしれない。ハルカはサナさんと同い年で、わたしより四つもお姉さんなのにタメ口だから。でも昔から危なっかしいハルカを見ていると、いつも大人たちに怒られるのではないかとひやひやしてついそんな口調になってしまうのだ。

「携帯なんて、どうやって買ったの？」

高校生になったからといって許されるわけもない。そもそもハルカは高校にいっていないのだった。バイトも禁止されているのでお金を稼ぐこともできない。もっぱら村の農作業を手伝うのが日課だ。ただ幸三さんの腰が心配だからとか何とかうまい口実をつくっては、荷物持ちと称して一緒にバンに乗り、ちょこちょこ山をくだってさぼっているのは知っていた。

「買わないわよ、お金ないもん」

それに保護者の許可がないと子どもは買えないのだという。

「じゃあ、無理だよね」

「無理じゃないって。誰かにもらえばいいだけで」

あっけらかんと云い放つハルカを見て、わたしはこれまでの自分の常識を一瞬疑った。共用があたり前という村のルールが知らない間に外の世界にまで拡大していたのかと錯覚したのだ。

「あ、でも、これは秘密だからね。村の大人たちには絶対云わないでよ」

「………」

「聞いてる？　卯月、お願いよ」

拝むように手を合わせる上目遣いのハルカを見て、間違っているのは自分じゃなくてハルカだとわかって安心する。返事をしないわたしを見て心配になったのか、ハルカはどこからか携帯についている無数の凸凹と同じきらきらとしたシールを出してきた。

「これ、口どめ料。卯月にあげる」

「怒られるよ」

わたしは顔をしかめた。村の大人たちは過度なおしゃれを嫌う。特に一般の人々と混じる機会の多い学校通いのわたしたち子どもには。身だしなみに気をつけ、いい意味でも悪い意味でも人目を引くようであってはならない。女の子が目立つと思いがけない事故や事件に巻き込まれる確率が高くなる、という理由からだ。

「ここに貼っておけば大丈夫。誰も気づかないよ」

わたしのお尻のポケットから虫とり棒をさっと抜きとると、頭にそれを一個ずつ貼りつけた。バトンのようにふり、再びポケットに挿す。

「いらないよ」

見つかったらどうしようとおろおろしながら断るわたしに「いいから、いいから」と笑いかける。

「少しだけど、気分、あがるでしょ」

「そんなことない」

「卯月だってさ、女の子なんだから」

決めつけるように云いきる。ほんとうは、女の子だからそういうのがだめなんだよ、と注意するべきだと頭ではわかっていた。何がどう危険なのかハルカに教えてあげないといけないと思うけど、何も言葉が出てこない。代わりに右手をそっと背後にまわし、箸の頭についたきらきらのとんがり具合を無意識に探っていた。

デコ。

その時もらった変な名前のきらきらをわたしはつけたままにしている。虫をつまむたびに視界に入るのを煩わしく思いながら、それでもなぜか無理に剝がそうという気にはなれないのだった。


「めざめの会」が終わって急いでごはんをかき込む。今朝は会が長引いてしまったので、ゆっくり食べている暇はなかった。

「ほら、はやく」

お世話係のママが席についたばかりの子たちを急かしている。わたしよりも小さい低学年の子だ。必死の形相でスープを口に運ぼうと焦ってスプーンがうまく扱えないらしく、あきらめて器に直接口をつけた。その途端に叱られている。

あの子たちはあれで今日の朝ごはんは終わりだな、とわたしは横目で冷静に観察しながら考える。食べる順番を間違えるからいけないのだ。スープ数口では給食までもたない。時間がないならないなりに、ごはんか芋やカボチャなどの根菜類か、ともかくおなかにたまりそうなものから食べるべきなのに。

あとで教えてあげなくちゃ、とお姉さんらしく頷き、今度はスープに手を伸ばす。ある程度胃に詰め込んだので少し余裕ができた。水分をとるのはそれからだ。この時お茶やお水を選択するよりも、栄養のあるスープを飲むほうがかしこいやりかたといえるだろう。

これまでに学んだ自分流の食事術に満足しつつスープ皿を手前にひき寄せる。

野菜の切れ端が浮いたコンソメスープにスプーンの先を浸したところでふと手をとめた。最後までは沈めず、尖った先のところがゆらゆらと揺れるのをしばらく眺めていた。それからおもむろにわたしはスプーンを持ちあげ、先端を自分の唇に押しあてた。先は熱い。そのまま割って入ると舌に熱さが、そして唇の部分にひんやりとした感触があった。

少し、ぼうっとする。

「何してるの、卯月。食べ終わったんならはやく片づけなさい」

「あ、はい」

軽い叱責が飛び、わたしは夢から醒めたように動きはじめた。

「ほら、みんなも。学校に遅れるわよ。幸三さんを待たせちゃだめじゃない」

「はあい」

ガチャガチャと食器を重ねる音が響き、返却口にもどした子からわれ先にと食堂を飛びだしていく。学校行きのバンの前では幸三さんが半分魂が抜けたような顔をして草を食むヤギの親子を見ていた。

「おはようございます」

「お願いします」

みんな駆け足で形だけは丁寧にぺこりと頭をさげながら次々にバンに乗り込む。幸三さんは自分の横を吹き抜けたつむじ風にやっと気づいたみたいに「おお」としわがれ声で呟くと、のっそりと緩慢な動作で運転席にもどった。ふり向いて人数を確認したりはしないので、この時点で遅れていると致命的だ。ふもとの学校まで泣きながらおりていく羽目になる。運がよければ二時限目の途中くらいには間にあう。

中学生になれば通学に自転車を選択することもできる。それだってけっこう時間はかかるし帰りののぼり道は地獄だとシスターたちは愚痴をこぼすけれど、門限さえ守ればこんな風に追いたてられるように通学しなくてすむので、できれば自転車通学にしたいとわたしは考えていた。体力には自信がある。あと自転車についている熊よけのベルがほしいのも理由のひとつだった。

デコと違って熊よけのベルにはきちんと意味がある。意味がないものをほしがることが堕落のはじまりだと村長が前に話していたのを思いだし、わたしは自分がそれほど道を踏み外していないことに安堵した。

後方のドアが開きっぱなしのままバンは出発した。これもいつものことなので誰も動じることなく近くの子がさっと閉めて前を向く。あまりきょろきょろしないのは、後方の右端の席にマリさんが座っているからだった。

マリさんは村では数少ない外へと働きにでる大人だ。静かで理知的で、そういう雰囲気はサナさんにどことなく似ていた。村にきてから一年あまりでまだうまくなじめていないのか、マリママと呼ばれることを拒んでいる。それはマリさんのパートナーのユリエさんも同じだった。

村で暮らす女性たちはいろいろだ。そのまま居つく人もいれば、短い期間で去っていく人もいる。村長はよく「去る者は追わず」と云う。それと同じくらい「来る者は拒まず」とも云う。子どものわたしにはくわしいことはよくわからないけれど、女性として生きづらい何らかの事情を抱えていれば、この村は条件なく受けいれるという意味らしい。

わたしはお母さんとふたりでこの村にやってきた。でも赤ちゃんだったからそれまでどこでどう暮らしていたのかまったく覚えていない。村にはそんな子どもたちばかりだ。中には小さいころの記憶があって、お父さんにいじめられたという子もいる。だから大人の男の人はこわいのだそうだ。通いで雇われている幸三さんは「もうじゅうぶん枯れているから」という理由で別らしいので、わたしは大人の男性を小学校の先生くらいしか見る機会がない。先生はやさしいしおもしろいからこわいとはちょっと違う。でも村の女性たちより大きな骨格や盛りあがった筋肉、野太い声、ひげや毛なんかも生えているのを見ると、どちらかというと獣に近い存在だと感じる。

　バンの前の席には男の子がひとり座っている。わたしたちのあとに村にやってきたママの息子だった。他には村にいる赤ちゃん。子どもは大丈夫なのだ。けれどもその子たちが成長して中学生になれば、この村を出ていかなくてはならない。その時には産んでくれたお母さんと出ていくか、お母さんだけここに残るか、どちらかを決めなくてはならなくなる。

　男の子がいつ男の人になるのか、学校でも習ったし村でも習った。わたしもつい最近初潮を迎えたばかりだ。だからもう、ほんとうの意味で女の子ではなくなった。クラスの子とくらべると遅いほうかしらね、と保健室の先生はなぜかもの云いたげな目でわたしの痩せた身体を見た。でもそれ以上何も云ってこなかった。

　幸三さんの運転が荒いのか、曲がりくねった山道が悪いのか、その両方だと思うけれどバンはいつもよく揺れた。ふり返るとマリさんが青白い顔をしてハンドタオルを口もとにあてている。きっと車に酔ったのだろう。わたしたちはすっかり慣れているので、朝ごはんを慌てて詰め込んだすぐあとでも車酔いすることはなかった。

今朝の「めざめの会」が遅れたのはハルカのせいだった。ハルカが消えたのだ。

姿が見えないことに気づいた大人たちはざわついた。誰か知らないかとしつこく訊ねられ、子どもたちは揃って首を横にふった。いなくなったのが朝なのか夜なのか、ママたちも把握できていない様子だった。昨夜の「ねむりの会」の時はいたけれど、そのあとの行方がわからないらしい。怒りを向ける相手がいないことでお世話係のママも途方に暮れた顔をしていた。自分勝手なふるまいは慎むようにと注意されても、とってつけたみたいにしか聞こえなかった。

ハルカ、いなくなったのか……。

わたしは窓の外の揺れる景色をぼんやり眺めながら、今朝あったできごとについて考えていた。今朝というのはみんなが騒ぎだす前、早朝の作業を終え、ひとりで片づけをしていた時のことだった。

作業服についた泥を払い、冷たい井戸水で虫とり棒を洗っていると、背後に人の気配を感じた。

「おはよう」

「………」

返事がないので、おや、と思った。それでもわたしは手をとめなかった。左肩のあたりに注がれている視線の主がハルカだろうと見当がついたからだ。わざわざふり返る必要はないと判断した。ハルカはわたしにとって空気みたいに身近な存在で、少々機嫌が悪くて黙っていたところで、こちらが態度を変える必要はないのだった。

「何か用？　さぼってるとまた叱られるよ」

ハルカには朝トマトの収穫作業がある筈だった。虫とりより野菜を収穫できるほうがつまみ食いもできるし断然いい。けれど中学生になるまでは収穫には参加させてもらえない。虫とりとか雑草抜きとかつまらない仕事ばかりだった。

「……ほんとに卯月ってば、生意気だよね」

ハルカの声は心底だるそうで、けんかを売りにきたのではないらしいということは直感的にわかった。

「生意気なのはハルカが心配だからだよ」

「あたしは卯月が心配」

「どうして？」

「しっかりしてそうで、すぐにぼうっとなるから」

「そんなことない」

むっと云い返しながら顔をあげた途端、わたしの視界はびろんとした乳白色の靄に覆われ失われた。それが至近距離に迫ったハルカの肌の色だと理解するより先に、唇のすき間から何者かが強引に侵入してきた。たとえるならなめくじみたいなものだった。舌にあたるなめくじは熱く、唇を這っているなめくじは冷たかった。

反射的に虫とり棒を握った右手に力が入る。

「ほら、やっぱりぼうっとなってる」

ぱあっと靄が晴れるとそこには呆れ顔の、でも変わらずとても疲れた様子のハルカが立っていた。

「………」

「騙されちゃ、だめよ」

急にお姉さんぶった口調で云うと、ハルカは駆けだした。どこにいくのかとわたしは問わなかった。またすぐに帰ってくると思ったし、何しろ昔から逃げ足がはやいのだ。そんなことよりいったいなんてことをしてくれたんだと腹立たしい気持ちでいっぱいだった。

「めざめの会」で大人たちが騒いでも、わたしは早朝ハルカに会ったことを黙っていた。云えばいなくなってからそう時間が経っていないと村のみんなも安心できたかもしれない。だけど口にすれば、ハルカの意味不明な行動を誰かに説明しなければいけない気がした。説明などできる筈がない。それなのに黙っている間も誰かに咎められるのではないかとびくびくしていた。なめくじは消えても、這ったあとの粘液がぬらぬらと光って目に見えるみたいに。

わたしはハルカに何をされたのだろうか。騙されるなとはどういう意味だったのだろう。

夜になってもハルカはもどってこなかった。村では夕食後、ママたちによる緊急のミーティングが開かれ、そのあと子どもたちも呼び集められた。

「昨晩からハルカの姿が見えないこと、みんな知ってるわね」

村長が前に出ていつものよく通る声で話しはじめると、子どもたちは一様に神妙な面持ちで頷いた。大人はともかく、村の子どもが勝手にいなくなるのははじめての経験なのでみんなどう反応していいかわからなかったのだ。

「ママたちとも捜しましたが見つかりません。誰にも何も告げずにいなくなったみたいなの。みんな、ハルカのこと、どう思う?」

村長の問いかけに子どもたちは意見を出していく。こんな風に全員でやる合同ミーティングで村長から質問されることには慣れていた。

「心配です」

「怪我してないか、心配です」

「おなかが空いていないか、心配です」

「寒くないか、心配です」

ひとりが「心配」という言葉を使ったら、みんな同調して使いはじめた。村長が求めている答えがわからないから無難な選択だと思った。

「そう、心配ね。すごく心配」

深く頷く村長を見て、子どもたちは少しほっとする。

「みんなが心配するの、当然だわね。ハルカはここで一緒に暮らしてきたわたしたちの家族だもの。じゃあ、ちょっと見方を変えてみましょうか。昨日からわたしたちはずっと心配している。心配している間、不安よね。不安は自分自身を痛めつける、とてもよくないことだわ。では、今までなかった筈の不安の種をわたしたちの心に植えつけたのは誰だと思う？」

「誰って……」

子どもたちはお互いに顔を見合わせ戸惑った。答えは簡単すぎるくらい簡単だ。ただそれを誰が口にするかためらっているだけだった。

「さあ、誰？」

「……ハルカ」

わたしはうつむきがちに、腹話術師のようになるべく唇を動かさず小声で答えた。そうしないと無理やりなめくじを押しつけられたわたしの唇が毒におかされ暴れだし、おかしなことを口走ってしまいそうだった。

「ハルカ、です」

「ハルカが悪い、です」

「ハルカのせいでみんな困ってます」

ハルカの名前を連呼する子どもたちを見て、村長は満足そうにもう一度頷いた。

「そうね、みんながそんな風に思っているのならもう間違いないわね。この村に不安は必要ありません。なぜなら女性たちが不安なく生きられるためにこの村は存在しているのだから。ならばわたしは村長として、何をするべきかしら？」

「………」

今度こそみんな黙り込んでしまった。大人の、それも村長に対してああしろこうしろなど子どもたちに云えるわけもなかった。

「サナ、あなた、ハルカと同い年だったわね」

「ええ、村長」

「どう思う？　あなたの意見を聞かせてくれない？」

「わかりました」

うしろのほうにいたサナさんが静かに立ちあがる。その少しかすれた低音を耳にするだけでわたしは安心した。サナさんはこの村の誰よりかしこく、うつくしい。昔から病弱なせいで常に着ぶくれた恰好をしていても、その神秘的なほどのうつくしさは少しも損なわれてはいなかった。ふり返り、落ち着いた口調で話しはじめるサナさんを凝視する。

「不安の種はすぐに芽を出します。出してから刈るのでは遅きに失するとわたしは思います。とり除けるものはできるだけはやくとり除く、村の安寧のために必要なことでしょう。幸い、ハルカはわたしと同じ十六歳です。大人ではありませんが子どもでもない。もし、村を出ていくというのが彼女の自由意志であるのなら、尊重されるべきではないでしょうか」

「ハルカの行方を追うなと云いたいの？」

「そういう選択もありえるという一意見です」

「わかったわ、ありがとう」

サナさんが音もなく着席すると、村長はわたしたちだけではなく、子どもたちを見守るように部屋の壁際に立っているママたちにも視線をぐるりとめぐらして云った。

「サナの意見はもっともだわ。ハルカの意思をここで確かめることはできないけれど、彼女のこれまでの行動から推測することは可能だと思うの。たとえば、ハルカはわたしたちに内緒で携帯を持っていた。そうよね、ハルミさん」

　村長に名指しされたハルミさんは小さな身体をさらに小さく縮ませて「……はい」と消え入りそうな声で答えた。

「それをあなたは知っていて黙っていた」

「すみません」

「監督不行き届き……と云いたいところだけど、今は責めてる場合じゃないの。事実確認が先。母親のあなたが持たせたわけではないのよね？　もちろんわたしや村のママたちが持たせることは絶対ないし、だったらどうしてハルカが携帯を持っていたのか、考えられる理由は今のところふたつだけになる。自分のお金で買ったか、誰かにもらったか」

　子どもたちは携帯を、ましてや自分のお金を持つことすら許されない。村長の発言はみんなを動揺させるのにじゅうぶんだった。

「時々ハルカが作業をさぼって町におりていたのはわたしの耳にも届いていたわ。だけどバイトをできるほどの時間ではなかった筈よ。もし自分で稼いでいたとしたら、おそらく短時間で高収入を得るタイプの仕事でしょうけど……。それがどんな種類の仕事であるか、あまり口に出したくはないわね。誰かにもらったにしても同じこと。外の世界の誰かに対して積極的に働きかけないと手に入らないの、みんなもわかるわよね。その誰かが男性である確率は極めて高いといえるでしょう」

男性、と聞いて眉をひそめたのはおもにママたちだった。この村で排除されるべき存在に自らかかわろうとした行為に不快感を示したのだ。子どもたちもよくわからないなりにハルカが村のルールを破っていなくなったことだけは理解したと思う。わたしはハルカが誰に携帯をもらったのか知らなかった。その手段も聞きたくはない。

「ハルカが外の人間と接触していた事実から、彼女がいなくなったのは自分の意思であると推測できます。故に、村ではこれ以上ハルカを追わないこととします。去る者は追わず。全員それでいいわね？」

「はい」

「はい」

「あの……もし」

同意の声の最後におどおどとハルミさんが口をはさんだ。みんなの視線がいっせいに向くと一瞬ひるんだ様子を見せたが、思いきったように先を続けた。

「もし、ハルカに何かあったら……警察に連絡、とか……」

「ケイサツ？」

驚いたように村長が目を見開いた。それからわずかに口もとを歪め、侮蔑した視線を投げかける。

「ハルミさん、あなた、何を云っているの？　警察や行政が守ってくれなかったから、わたしたちはここでひっそりとお互いを守りながら暮らしているんじゃない。今さら警察に頼ろうだなんて……。いいわ、あなたがそうしたければこの村を出ていきなさい。そうすれば誰に頼ろうとまったく問題ないわよ。それをとめる権利はわたしにはありません」

「いえ、あの……」

「考え違いをしないでね、ハルミさん。何も村はハルカを見捨てたわけではないの。あなたのこともよ。もしハルカがもどってくれれば、村は無条件で受けいれる。去る者は追わず、来る者は拒まず、の精神に変わりはないわ。ただ村は村のルールを守りながらこの場所にあり続けなければならない、それだけなの」

　そう告げると、村長はぽんと大きく手を打った。

「さあさ、この話はこれでおしまい。みんな寝る準備をはじめてちょうだい。明日もはやいわ」

　ハルカはそれから一度も帰ってこなかった。話題に出す大人もいない。学校でこの件について話すことは禁じられていたから、子どもたちの間でたまに名前があがるのは通学のバンの中に限られていた。唯一の大人であるマリさんが最近仕事を辞めたので、バンは子どもたちだけの自由な空間にもどっていたのだ。だけどその話題もあまり盛りあがらないままいつも尻すぼみに終わった。

わたしは漠然としたもやもやを抱えて日々を過ごしていた。ハルカはわたしにいらないものをいろいろと押しつけたままいなくなってしまった。デコ、なめくじの感触、思わせぶりな言葉、そして一番厄介なのは罪悪感だった。その正体が何なのかわからないのが厄介なのだ。

サナさんに話を聞いてもらうのが正解なのだろうと思う。サナさんは村長の娘で、一番信頼できるシスターだ。わたしは小さいころからサナさんのことが大好きだったし尊敬もしている。でもすぐに相談できなかったのは、わたしがしたこととされたこと、のどちらかでサナさんに嫌われないだろうかという心配からだった。

まったくハルカは余計なことばかりしてくれる。

村を出たハルカがどうやって生きているのか、わたしにはわからなかった。心配といえば心配なのだけれど、想像できないので現実味がない。どちらかというと、自分に近いところにあるのは戸惑いと怒りの感情だった。一方的にされた行為に罪悪感を抱かなければならなくなった理不尽さに対する怒りだ。とはいえ、勝手に消えてしまった者に怒りのぶつけようもなく、もやもやといらいらが交互にやってきては不機嫌になった。

でも今日は特別大きな楽しみが待っているからか、朝から気分がいい。理由は夕食後に出される予定のケーキの存在だ。今朝の「めざめの会」でそのことを知った子どもたちは浮足立っていた。

村でケーキが出されることはめったにない。学校で村の子以外のクラスメイトから聞いた話だと、誕生日には家でケーキが出されるものらしい。そのうえ友だちを呼ぶ誕生日会という催しがあり、プレゼントを持ってきた子にはそのケーキを食べられる権利が与えられるそうだ。村の子どもたちは寄り道を禁じられているので、そんな夢みたいな集まりに参加したことがない。もし仮に参加できたとしても、お金を持たせてもらえないわたしたちはプレゼントを買えず、ケーキに群がる他の子たちを横目にひたすら耐えるしかないのだ。それはもう夢ではなく悪夢、いや拷問に近いに違いない。

行き帰りのバンの中ではどんなケーキが出されるかという話題で持ちきりだった。といってもそんなに種類を知っているわけではなかった。わたしたちが知っているのはクリスマスの時に給食で出される小さなバタークリームのケーキくらいだった。チラシで見たことのある生クリームやチョコレートクリームのホールケーキを食べたことはないけれど、その味を想像するだけでしあわせな気持ちになれた。

みんな気にしていたのはケーキの種類ばかりで、肝心の村総出のお祝いが何であるかを知ったのは夕食前だった。

　村長が前に出てマリさんを呼ぶと、ひどく顔色の悪いマリさんがユリエさんに手を引かれながらママたちの間から現れた。青白い顔をしたマリさんもユリエさんもともに笑顔だった。マリさんは白いふんわりとしたワンピースを着て、スーツ姿に見慣れたわたしの目にはまるで別人のように映った。

「みんなにうれしい報告があります。マリさんに赤ちゃんができました。この村に子どもが増えるの、なんてすばらしいことでしょう」

　わあ、と歓声があがる。

「子どもは奇跡の贈りものです。夜空に瞬く星が流れ星になって落ちてくるくらいの奇跡なのよ。わたしたちの村に星の祝福がもたらされたことを今夜は全員で感謝しましょう」

　盛大な拍手の音にわたしは束の間棒立ちになった。ふと目を落とすと、知らないうちに一緒に手を叩いていた。身についた習性で深くは考えずにみんなと同じ行動をとれる自分を単純にえらいと思う。

　わたしはそっとママたちをふり返った。誰も不思議そうな顔をしていないのが不思議だった。みんな一様にしあわせそうに笑っていて、マリさんの妊娠を心からお祝いしていた。わたしももう少し小さいころなら素直にみんなとよろこべたと思う。いや、今だってうれしいのはうれしい。だけど何かがずれていた。わたしが教えられた知識。大人になる前に大事なことだからよく覚えていなさいと云われたあれは何だったのか。

村長の言葉も変だった。星の祝福。

あんなきれいな表現はふだんの村長とかけ離れていて気持ち悪い。この村に獣はいないのだから、星の祝福だってない筈だ。赤ちゃんはぼうふらみたいに自然にわいたりしない。気持ち悪いのはマリさんも同じだった。今にも死にそうな顔で笑っているのもそうだし、白いワンピースも全然似合っていなかった。

わたしが誰かに責めたてられるんじゃないかとびくびくしながら過ごしている一方で、マリさんは誰からも責められないどころか、村人全員からやさしく見守られている。不公平だ、と朝からの浮かれた気分も吹き飛んで、わたしは腹が立って仕方なかった。

元パン職人だったというユリエさんお手製の生クリームのケーキを目にしても、わたしの怒りはなかなかおさまらなかった。ケーキにはイチゴではなくハチミツ漬けのレモンがのっていて、そういうところも癇に障った。つわりのひどいマリさんのためを思ってしたのだろうけど、子どもたちは内心がっかりしていたに違いない。わたしたちは家族なのだから、いくらユリエさんにとってマリさんが一番大事なパートナーでも、ケーキはみんなのためにつくるべきだと思う。大人のくせにそんなこともわからないのかとわたしは心の中でふたりをののしった。他のママたちも誰かそれに気づいて叱ってほしかった。そうすればこのむしゃくしゃも少しは解消できそうなのに。

だけども誰も口にせず、ママたちは嬉々としてケーキを切り分けはじめた。なんだ、大人だって甘いものには弱いのか。わたしは失望した。子どもも大人も関係なく、甘いケーキに目が眩んでなし崩し的にふたりの幸福を祝っている。莫迦みたいだ。いつもはぼんやりせずよく考えてから行動しなさいと注意されるわたしが、たぶん今、ここでは堕落したみんなよりもずっと鋭く尖っている。

そう考えながらにらみつけるようにケーキに群がるみんなを見つめていると、集団とは別の方向から視線を感じた。はっとして顔をあげるわたしをサナさんがかなしそうに見ていた。思わず動揺し、頬が紅潮する。おろおろしながらわたしはさっきまでの傲慢な感情を慌てて抑え込んだ。みんなと同じように素直によろこんでいないのがいけなかったのだろうと咄嗟に考えたのだ。

輪の中に自ら飛び込んでいくと、すっと視線が外されるのがわかった。ケーキの切り分けをうれしそうに待つふりをしつつ、ちらりと横目で観察する。サナさんはおだやかなほほえみを浮かべて立っていた。

わたしのほうをもう見ていないことに安心し、けれど何かもの足りない気分でわたしはケーキを受けとった。つんと上を向いた生クリームももはや心躍らせてはくれなかった。みんなの笑顔がはじけるなか、潰れた星みたいなハチミツ漬けのレモンをほおばると思いのほかすっぱくて、やはりわたしだけが罰を受けなければならないのだという敗北感だけがあと味悪く残った。

　どうしてこんな思いを抱えて日々を過ごさなくてはならないのか、わたしはだんだんわからなくなってきた。ハルカがわたしに押しつけた正体不明の罪の意識は日増しに姿を変え、今では原形を留めていないように思えた。考えてみれば、ハルカにされたことなんてたいしたことではない。わたしはただのヒガイシャなのだ。この村を訪れる女性たちも大半は何かのヒガイシャだと以前村長が云っていた。ヒガイシャを黙って受けいれるのがこの村のルールならば、わたしだって当然受けいれられていい筈だ。そう思ったら、少し気が楽になった。

　騙されるな、なんて捨て台詞をハルカが残すから余計こんがらがってしまっただけで、悩む必要などはじめからなかったのだ。わたしは自分がヒガイシャだとサナさんに素直に告白し、無条件に受けいれられるさまを想像してうっとりした。

　想像を現実にするために、わたしはすばやく行動を起こした。他のママたちや村長がいるところで話すのはためらわれた。サナさんにだけ聞いてもらえればいいのだ。みんなが就寝の準備をし終えたころ、わたしは小中学生が集まって寝る大部屋の布団をそっと抜け、サナさんの部屋に向かった。高校生になれば個室が与えられる。だから部屋にはサナさんひとりがいる筈だった。

長い廊下を歩いていると急に心細くなってきた。村では集団行動が基本だから、こんな風にひとりで暗い場所にいると不安なのだろうと分析する。けれどもよく考えてみれば、朝夕の農作業はけっこう広い範囲を平気で子どもひとりに任せたりもするのだった。うす暗い時間帯に外で放っておかれるほうが危ない気もするけれど、突然ハルカが消えた今でも村のルールに特に変わった様子はなかった。

ふつうじゃないよな、村って。

するっと口から魂が漏れたみたいに自然に思った。

あまりにてらいなく産み落とされた言霊にわたしはわたしを疑った。誰か他の人の言葉を自分のものと勘違いしているのかときょろきょろ周囲を見まわしたほどだ。だけどこの村で、そんな風に考える人間がいるとは思えなかった。もしいるとすればそれはハルカぐらいのものだろう。知らない間に口移しで感染させられたのだとすれば、ありえない話ではなかった。

わたしは立ちどまり、小さくつるんとした生まれたての魂を暗がりでじっと見つめた。間違いなくわたしの姿をしたそれが澄んだ瞳で黙って見つめ返してくる。しゃくなのは、そっちのほうがかしこそうな顔をしていることだった。無視して歩きはじめると、ついてきている気配がないのでほっとした。

　わたしはヒガイシャなのだから、と呪文を唱える。

　サナさんに受けいれられるために結界をはるのだ。そうすれば、むずかしいことからも面倒なことからもうしろめたさからも逃れられる。

　ぶつぶつ呪文を呟きつつ、どんどんはや足になるのを抑えられない。階段をひとつ飛びで駆けあがる。音を立ててはいけないのはわかっているのに、一刻もはやくサナさんに会いたくて仕方なかった。

　幸い誰にも見つからず、サナさんの部屋に到着した。ノックの音が響くのを警戒して、かなり控えめにドアを叩いた。焦っていたわたしはサナさんの返事を待たずにどうやら開けてしまったらしかった。サナさんは勉強用の机に向かい、こちらに背を向け何かしていた。

「………」

　サナさんが何をしているのか、わたしにはわからなかった。

　前屈みの姿勢で、いつもは長いスカートに隠された両足を椅子の上で開き、太腿のほうまであらわになっていた。見慣れないひざ小僧が部屋のあかりを受けて神々しく白く光っている。
何かにとり憑かれたような小刻みな震えが椅子をカタカタと鳴らしていた。

その行いを理解するより先に、わたしは急いでうしろ手にドアを閉めた。こんな風になっているサナさんを誰かに見られてはまずいと咄嗟に思ったからだ。

「あ」

ドアが閉まる音と同時に、サナさんが小さく声をあげた。ふり返り、わたしを認めると少しだけ責めるように眉根を寄せた。

「卯月ね」

落ち着いた声音でそう云うと、サナさんは立ちあがった。めくれあがったスカートのすそがすとんとくるぶしまで落ちる。

「どうしたの？」

「あ、あの……」

「用があってきたのでしょう？」

「……はい」

観念したように頷いた。どうしてさっきドアを閉めた時、自分も部屋を出ていかなかったのだろうと後悔していた。

「ちょっと待ってて。手が汚れてしまったから」

平然とわたしの前を横切り、サナさんは部屋を出ていく。無表情なサナさんの頬は上気してほんのり赤い。うつくしい横顔にどきどきしながら視線を伏せると、あごの下のラインに見たことのない隆起を見つけた。そこはのどを守るため、ふだんはぐるぐる巻きのストールに覆われている場所だった。

　あんな瘤はサナさんには似合わなかった。いったいいつの間にできたのだろうか。

　首をひねりながら部屋を見まわすと、床の一部が濡れているのに気づいた。椅子と机の間あたり、そこからこちらに向かってゆっくりと流動する液体を見て、なめくじが這ってくると思った瞬間、わたしは反射的に口を押さえた。襲ってきた吐き気をこらえるように目を細める。机の上には用途のわからない半透明の空のプラスチック容器が置かれていた。その容器だけがこの部屋で唯一清潔なものに見えた。焦点を合わせているうちに徐々に吐き気もおさまり、表面上は落ち着きを装うことができそうだった。

　もどってきたサナさんはわたしの視線が捉えた空の容器を一瞥し、小さくため息を吐いた。

「困ったわね。今夜は採取し損ねてしまったわ。あとでユリエさんに謝りにいかなくては。卯月、あなたも一緒にきなさい」

「え」

「いくら家族だからといって、ノックもせずに部屋に入るのはマナー違反よ。驚いてタイミングを逃したわ。せっかくユリエさんにもはやくしあわせになってほしかったのに。卯月のせいよ」

「……ごめんなさい」

　わたしは素直に謝った。ノックはしたのだと心の中で反論しかけたが、サナさんの大切な儀式を邪魔したことには違いないとあきらめた。それに今の発言によると、どうもユリエさんのしあわせまで邪魔してしまったようなのだ。

「それで？　用は何かしら？」

「………」

　新しい罪悪感の種を植えつけられたわたしはサナさんの質問に答えることができない。こうして思考停止している間にもみるみる芽吹いていく。どれから間引いていくべきかわたしにはわからなかった。雑草のように抜いても抜いてもまた生えてくるんじゃないか。これから先もそうなのかもしれないと考えると、気が遠くなりそうだった。

　停止した床の流動体から何かがむくむくと起きあがってくる。やがて人の形をしたそれは逃げきった筈のわたしの魂だった。さっきよりも目を見張るように大きく開きながら、やはり澄んだ目でこちらをじっと見ていた。

　サナさんに連れられてユリエさんとマリさんの住む部屋に向かった。わたしがその間ひとことも発しないのでサナさんは少し不服そうだった。嫌われたくないという意識が働いて、意味もなく口角をあげたり目をパチパチさせたりした。けれどサナさんは常に半歩先を歩いていて、到着するまで一度もふり返ってはくれなかったからたぶん無駄だったと思う。

　部屋の入り口でユリエさんを呼びだすと、しばらくふたりは小声でしゃべっていた。耳に届く言葉には理解できないものも多かった。ごめんなさい……失敗して……残念だけど……今月はもう……次のチャンスに……。わたしは聞きとれる断片を機械的に頭の中で並べていく。

「じゃあ、また来月」

　そこだけはっきりと声を揃え、ふたりはほほえみをかわした。わたしはうらやましくてたまらなかった。サナさんと未来の約束をとりつけるユリエさんのことを憎らしく思ったほどだ。

　それからサナさんはわたしを手招きして、ユリエさんに謝るよう促した。自分がしたことの意味もよくわからずに、憎らしいと感じた相手に頭をさげるのはなんていうか屈辱的だった。だけどここでためらってはますますサナさんに嫌われる。わたしは「ごめんなさい」とすばやく唇を動かし、形ばかり頭をさげてみせた。

　満足した様子のサナさんに続いて部屋にもどろうとしたわたしをユリエさんが呼びとめた。

「卯月、少し中でお話ししましょうか」

「でも……」

「ひとりで帰るのがこわいのなら、あとで部屋まで送るから」

「こわくなんかありません」

むっとした返答を了承と解釈したのか、ユリエさんは大きくドアを開いた。仕方なくついて入ると、テーブルの向こうの長椅子にマリさんが寝そべっているのが見えた。寝息はくうくうと気持ちよさげだけれど、眉間に深いしわが一本刻まれている。アンバランスな寝顔だった。

「マリは今夜も少しつらいらしくて。このところつわりのせいで眠りも浅いし、眠れるときには寝かせておいてあげたいの。だから大きな声は出さずにお願いね」

大声を出すなとかひとりで帰るのがこわいとか、小さな子どもに云うようなことを、と憤慨しつつ、指された椅子に腰かけた。わたしは確かに子どもだけどもう子どもじゃない、そう云いたいのをぐっと我慢する。

ユリエさんは一度部屋を出ると、お盆にカップをふたつ載せもどってきた。マリさんのはないようだった。この間のケーキ用の残りをとってあったのだろう、中身は両方ともハチミツ漬けのレモンをお湯で割ったものらしい。飲みものでは区別されていないことに少しだけ気をよくして、わたしはカップをそろそろと口に運んだ。用心したのは熱さではなくすっぱさだった。この前みたいな敗北感は味わいたくない。口に含むと甘さのほうが勝っていて、ほっと気が緩んだ。

「何か質問があるんじゃないの？」

話をしようと誘ったのはユリエさんのほうなのに、急にそんなことを云いはじめるものだから戸惑った。

「どうしてですか」

「驚いたでしょう、だから」

「……」

「それに謝った卯月の顔、全然納得しているように見えなかったわ」

誘導されるまま、質問していいものかわたしは迷っていた。村では大人たちに訊ねるのにそれなりの勇気がいる。大抵の質問はママから村長へと内容を伝えられ、必要だと判断されればすぐに全員集合のうえ共有されてしまうからだった。訊きたいことはあるけれど、わたしは慎重だった。

「何について質問していいのか、わかりません」

質問を質問で返すという不毛な応酬にしびれを切らしたようにユリエさんが答えた。

「そうね……サナさんのしていたこと、について。あるいはサナさんその人について……かな」

「訊いても大丈夫ですか」

「いいわよ。もう少し大きくなれば、いずれ誰かが説明してくれる筈だけど。もしあなたが村長や他のママたちを気にしているのなら心配ないわ。これはここだけの話。サナさんも見られたことを口外したくはないようだから」

「じゃあ、云います」

「どうぞ」

「サナさんは……」

この村で忌むべき単語を口にする代わりにわたしは別の言葉で訊ねた。

「獣なんですか」

「獣!?」

素っ頓狂な声をあげたユリエさんはあろうことか笑い声を立てた。

「そんな風にここでは教わるの？　知らなかったわ」

「いいえ……ただわたしがそう思っただけです」

ひどく侮辱された気がして頬が熱くなる。そのまま「男の人」と云えばよかったとわたしははげしく後悔した。

「気を悪くしたのね、ごめんなさい。確かに大半の女性から見ればそうかもしれない。でもサナさんは違うわ。生殖機能が異なるだけで単純に分類できるものじゃないの。彼女は獣ではなく、そうね、種まく人」

「種まく人？」

「そう。わたしたちは彼女の存在に救われたの。卯月、あなたにはまだわからないでしょうけど、わたしやマリのような女性同士のパートナーが子どもを授かろうとすると外の世界ではそう簡単にはいかないの。意に染まない他人との行為に耐えるか、誰かに精子を提供してもらうしかない。できれば提供のほうを選びたくても、同性同士では一般の医療機関で受ける資格すらないのが現状よ。だったらどうするか。世間では認められていない方法でもらうの。ボランティアを探したり、時には商売にしている人に高いお金を払ったりしてね。それには安全面とか将来的なこととかいろいろな問題が含まれている。話がむずかしかった？」

　ユリエさんはそこまで一気にしゃべると、心配そうにわたしの顔をのぞき込んだ。

「少し」

「そっか。でもちゃんと知ってもらいたいから最後まで続けるわね。外の世界でわたしもマリも自分たちの子どもがほしいと強く願ったの。そのためにさっき説明した方法も何度か試してきた。精子は身体から放出されると弱ってしまう。寒いと死んでしまう生きものなの。だからなるべくはやくあたたかいうちに体内にとり込まないといけない。病院でそれができないわたしたちは提供者から受けとったあと、近くのトイレでそれをした。時には間にあわなくて、道端にとめた車の中でしたこともあったわ。冷たいトイレの個室やいつ誰に見られるかわからない車内でこそこそ隠れてするうしろめたさ、認められていないというだけでこんなにみじめな気持ちにならないといけないなんておかしいと思わない？」

　強く同意を求められていると感じたわたしはこくんと一回頷いた。

「ありがとう。その点この村は天国だわ。サナさんは若くてかしこくて健康で、それだけでもじゅうぶんな提供者よ。そのうえわたしたちは清潔であたたかなベッドの上でそれを試せるの。外の世界では考えられないくらいしあわせよ」

「けど、サナさんは小さいころから身体が弱い子だって村長が……」

「それは彼女の身体的特徴を隠すために村長が考えたの。でないとサナさんがこの村に居続けられなくなってしまうから。あなたたちも混乱するでしょう？　いくらサナさんが特別な存在だとしても、村のルールはルールだもの」

　大人たちは知っていたけれど、子どもたちには知らされていなかったということなんだろう。あんなにきびしく守るよう云いつけられて育ったルールがあっさり大人たちによって破られていた事実に拍子抜けする。ひょっとしてハルカが云っていた「騙されるな」とはこのことだったんじゃないだろうか。

「卯月、すぐに納得できないとしても仕方ないわ。だけど想像してみて。わたしやマリのようなパートナー同士や、シングルであっても子どもを産み育てたいと願う女性は他にもたくさんいるの。外の世界で傷ついた彼女たちをこれ以上傷つけないために村長が一生懸命考えた方法だということ。村がこのさきの未来も続いていくために新しい子どもは必要だということ。それから……」

「あの、わかりました。もう寝てもいいですか」

「え、ええ。ごめんなさい、長い時間つき合わせてしまったわね」

「おやすみなさい」

「おやすみ」

限界だった。わたしは半ば強引に話を遮ると、逃げるように部屋を出た。

その夜、わたしはなかなか寝つけなかった。何をどう理解すればよいのか、全然わからなかった。

村のみんなにハルカは不安の種をまき、サナさんはしあわせの種をまく。

ほんとうにそれで合っているのだろうか。

じゃあわたしの胸に育つ罪悪感の種は誰が植えたことになるんだろう。ハルカでもサナさんでもマリさんでもユリエさんでもないのなら。わたしがわたしに自分で植えつけたのか。ううん、わたしはそんなことしたくはないのだ。つきまとう小さな魂もそんなことはしない。あれはただ見ているだけ。わたしのことをまじまじと、少しだけ賢しい瞳で何も云わず見ているだけなのだ。

布団の端をぎゅっと握って暗い天井をじっと見つめる。あれの真似をしてみれば何か別のものが見えてくるかもしれない、そんな風に期待もしたけれど、結局そのまま眠ってしまったようだった。

夢を見た。

傷ついた土地に容赦なく広がった芽を前にして、わたしはなす術もなく立ち尽くしている。そのうち手に負えないくらいの大きさになって、やがて花が咲き、実を結び、その重さで茎はたわみ、わたしの手のひらに果実がぽとんと落ちてくる。果実の呼び名が変わったことにわたしは突然気づく。けれどもその名前を呼ぼうとしても思いだせない。落ちた拍子に割れたのか、滴るような果汁とともに蠱惑《こわく》的な果肉が覗いている。むしゃぶりつきたいのをわたしはかろうじてこらえる。こわいのだ。その実が甘いかすっぱいか、たったそれだけのことに恐怖して、唇をつけられない意気地なしの自分に呆然としている……。

おかしな夢のせいで目覚めは悪かった。

わたしはのろのろとジャージに着がえ、朝の作業に向かった。

キャベツ畑は収獲待ちのキャベツたちで雑草が生えるすき間もないくらいひしめき合っている。そんな中でもあいかわらず虫たちはどこからかわいてきて、キャベツの葉を食い荒らす。レース状になった葉を一枚ひきちぎり、わたしは顔をしかめた。また夜盗虫にやられている。しばらく葉裏を探してみるが見つからない。彼らが厄介なのは、その名のとおり夜に盗み食いすることだ。日中は土の中にいる。早朝の作業ならまだ見つかるときもあるけれど、いないとなれば軽く土を掘り返す必要がある。わたしは虫とり棒を土に挿し、浅いところを揺すってみた。うまく見つけることができなくて、少しずつ場所をずらしては何度かくり返した。

たった一匹の虫も見つけられず、わたしはだんだんいらいらしてきた。こうしている間にも自分の知らないところで虫たちがどんどん増殖しているのではないかという焦りにとらわれる。乱暴に土をひっかきながら、ちらちらと目に入る虫とり棒のデコが急に我慢できなくなって、指で剝がすとその辺に投げ捨てた。

しばらく集中して見ていた地面にふと影がさす。

「おはよう、卯月」

いたのはサナさんだった。

「お……おはようございます」

音もなく出現したサナさんに動揺を悟られないように、わたしは慌てて顔を伏せ、惰性で土をひっかき続けた。デコを捨てておいてよかった。

「いい朝ね」

「はい」

サナさんにそんな風に云われると、ほんとうにさわやかな朝の風が吹き抜けるから不思議だった。

「卯月、昨日の夜のことだけれど……」

やっぱり。わたしは落胆を隠せなかった。ここまで会いにきてくれたのは再度口どめするためだったのだ。それはつまり、わたしが秘密を守れない子だとサナさんに疑われているという意味なのだと思った。

「わたし、誰にもしゃべりません」

きっぱり云って目を合わす。サナさんはうれしそうに顔をほころばせた。

「そう、よかった。ユリエさんの話に納得してくれたのね」

「………」

「どうかした？」

視線をそらしたわたしの顔をのぞき込むようにサナさんが腰を屈めた。

「納得は……」

した、と云えばサナさんを安心させることができる。けれどもユリエさんの説得に自分があっさり応じてしまったようでくやしかった。かといって、していない、とも云えない。

この村に納得は不要なのだと今さらながら思う。サナさんの役割が何であろうとも、村にとって特別な存在であることには変わりないのだし、さらにわたしにとって特別な人だということは揺らがない事実なのだ。たとえ獣でも、種まく人でも、ただの男の人、だとして、も……。

ああ、だめだ。また頭がぼうっとしてきた。

わたしは立ちあがる勢いのまま、発作的にサナさんの唇に自分の唇を押しつけた。次の瞬間、わたしの身体はキャベツ畑をころころと転がっていた。突き飛ばされたのだと理解するまでに少し時間がかかった。

「何するのっ」

サナさんの甲高い声でわれに返る。

「どうしてハルカといい、あなたといい、こんなことするの」

ハルカもそうだったのか、とぼんやり思う。

「汚いじゃない、わたしたち、家族なのよっ」

そう叫ぶとサナさんは顔をひきつらせ、何度も袖で唇を拭った。麻痺して動けないわたしの耳に壊れたようにくり返される。汚い。わたしたち。家族。汚い。わたしたち。家族。汚い……。

そっか、わたし、汚いんだ。

サナさんに嫌われることを何よりもおそれていた。なのに、ぶつけられた言葉は案外軽く、わたしは爽快にさえ感じていた。今ならなめくじに身体中を這われても平気でいられる、キャベツとキャベツの間に身体をはさまれ、フの字に寝転びながら思った。

少しだけ頭を起こすと、キャベツ畑から逃げるように駆けて去っていくサナさんのうしろ姿が見えた。

「足、はや」

気の抜けた声でそう呟くと同時に全身の硬直がとれ、自由に身体を動かせるようになった。それでもわたしは寝転んだまま、大儀そうに右腕だけを動かして近くのキャベツの葉を一枚むしりとった。それから口に持っていき、思いきり噛みちぎる。

きれいな歯形のついたキャベツの葉を空にかざすと、わたしはいつまでも飽きずにそれを眺めていた。

空まわりの観覧車

待ちあわせの時間に遅れそうになり、杏子は足をはやめた。

仕事終わりに店長に手紙を出しておくよう頼まれたのは誤算だった。お得意様への秋味ブレンド入荷のお知らせと、期間限定の豆十パーセント増量キャンペーンについてのハガキだ。着くまでにてきとうなポストがあるだろうと思いながら、降りた駅で探すのを忘れて途中まできてしまった。思いだし、待ちあわせのカフェまであと少しというところで眺めまわしても見つからない。仕方なくきた道をもどり、やっと目に入ったポストに投函してから再びカフェに向かう。

ハガキを投函した瞬間、嗅ぎ慣れたコーヒー豆の香りがげっぷのようにポストの口からたち昇った。

杏子の予想どおり、夫の圭一は先にきて座っていた。店の一番奥の窓際。先客がいないかぎり、どこの店でも同じ位置に圭一は座る。約束した時間よりはやくきて、文庫本なんぞを読んでいる。顔をあげないのは単に見つけてもらいたいから。オリジナルで注文した水牛の革の文庫カバーはそのための目印であることを杏子は知っている。店の外からでも自分がよく見える場所に座り、本を読む。ぼくはここだという静かな自己主張。杏子は小さくため息を吐き、店のドアを開けた。

店員が声をかけてくるその前に軽く手をあげ制止し、まっすぐ奥の席に向かった。せかせかとけんかでもしそうな勢いだが急いでいるからそうなっているだけで、ふだんはもう少しおとなしい歩きかただ。

「ごめん、遅れた？」

「そんなことないよ」

圭一はゆったりと笑い、読みかけの本を閉じた。

「店長に残業、頼まれちゃって。あとハガキ出すのと」

「大変だね」

パートである自分は残業して遅刻ぎりぎりで、正社員である夫のほうがはやくきているというのが杏子には毎回ひっかかる。圭一の会社には残業がない。乳幼児のためのぬくもりのある木の玩具をおもに扱っている会社の経営者は社員にもあたたかく、女性社員が多いということもあるが、子育てに支障をきたさないよう残業はさせないという方針なのだ。そう聞くと子どものいない圭一は肩身のせまい思いをしていそうなものだが、空いた時間を利用してひとりでけっこう楽しく過ごしているようだ。

　かたや杏子の勤めるコーヒー豆店は夕方から忙しくなる。会社帰りで買っていく人たちも多い。午前中は午前中で取引店への配達などで忙しくはあるが、杏子はバイクが運転できないので配達は店長か、バイトの森尾くんがいるときには彼にいってもらうので店で留守番がほとんどだ。雨の日は店の軽自動車を使うため、杏子も仕方なく運転することもある。

　閉店間際にお客さんがたて込むと、定時にあがりたいとはなかなか云いだしにくい雰囲気だ。店長が気づいて帰るよう促してくれる日もあるけれど、接客中だとそのままずるずると時間が延びてしまう。今日もそんな感じで遅くなってしまった。ごめんね杏子ちゃん、と声をかけてきた店長はでも、本心ではたいして思っていないに違いない。帰りがけに悪びれた感じもなくハガキを出すよう頼んできた様子からもそれは窺えた。

　恋人のいる学生バイトや小さな子どもを持つ主婦パート。そのどちらにも属さない杏子には店長も何かと頼みやすいのかもしれない。今日だって、夫と約束があるので、と理由を云って断ればよかったのだが、どうしてだろう、恋人や子どもとの待ちあわせならば堂々と口にできそうなのに、夫となるとそうはいかない気がするのだ。

椅子を引き、腰をおろしながら杏子は圭一のつむじに視線を走らせる。

「圭一くんさ、また白髪増えたよね。あ、わたし、ブレンドで」

「杏子さん、あなたね」

「ん？」

「どうして今のタイミングで云うかなあ」

「だって店員さんきたし」

「注文じゃなくて、ぼくの髪のこと。毎日家で顔合わせてるんだからさ、何も今云わなくても」

圭一が呆れ顔で見る。

「家だと気づかないの。いいじゃない、白髪、増えるのうれしいんでしょ」

「別にうれしいわけじゃあないけど……」

職場の女性から、白髪混じりの風貌が学者っぽくて頭よさそう、とほめられて以来、圭一は髪を染めないことにしている。そのくせ杏子には、おばさんくさくならないように、などと常々云い、美容院にいくよう勧めるのだ。ありがたくもあるが少々煩わしい。同い年なのに、今年四十三になるというのに、と杏子は思う。そんな風に押しつけられると胸中は複雑だ。

「それよりこの店、どう、なかなかいいでしょ」

得意満面の表情で圭一が訊いてくる。

「ああ、うん。そうだね」

「だろ？　よかった。コーヒーもおいしいんだ。杏子さん、こういう店、好きだもんね」

「ふうん」

ちょっと鼻から抜けたみたいな返事をして、杏子が店内を見渡す。

店は、悪くない。こういう雰囲気の店を好むのはどちらかというと圭一のほうなのだが、そういう店を夫が選んでくるたびに否定せずにきたのは自分なのだから、好きといえば好きなのかもしれない。

それなりに長い期間夫婦をやり続けていると、たまに自分の好みがわからなくなるときがある。圭一が好きだから自分も好きになったのか、昔は好きで今はそんなに好きではないけれど、説明するのが面倒だから好きってことにしておこうと無意識が働いているのか、もしかしたらほんとうに好きなのだけれど、圭一が「ほら、これ、好きだろう」と決めてかかるのが気にいらなくて、好きではないと自分に刷り込んだうえで好きなふりをしているのか。

「おまたせいたしました」

「ありがとう」

杏子の前にコーヒーのカップが置かれる。

コーヒーは好きだ、と断言できる。だから杏子はコーヒー豆店を選んで働いているし、資格があるわけではないけれど、ちゃんと自分なりに勉強して味覚に対してもそれなりに自信を持っている。

けれども今、飲みたい気分ではない。

一日中コーヒーの粉が舞う仕事場で働いて、やっと解放されて外の新鮮な空気を吸い込んですぐ、まっさきに飲みたいとは思わない。それがふつうの反応だと杏子は思う。だからといって、圭一がコーヒー好きな自分のためにと選んでくれた店で、それ以外の飲みものを頼むこともできない。杏子は何でもない風を装ってカップに手を伸ばしながら、嗅ぎ慣れたにおいに顔をしかめそうになるのをこらえた。そんな妻をにこにことうれしそうに夫は見つめている。

圭一は自ら犯した失敗にまったく気づいてはいなかった。

この店は杏子の働くコーヒー店から豆を仕入れているということを。

杏子の勤めるコーヒー豆店の名は正式にはフクロウコーヒー豆店という。昨今ブームの猛禽類を愛でつつコーヒーを飲むおしゃれなカフェなどではなく、店主の福本緑郎の一番上と一番下の文字をとってつけたのが店名の由来であり、おもに生豆から自家焙煎したコーヒー豆を売る店だ。店内には豆樽をテーブル代わりに使った試飲スペースはあるが、長居できるような椅子は用意していない。それでも常連客は試飲用の小さくて白い紙コップに注いだコーヒーを片手にちびりちびりやりながら、店長の緑郎相手にあれこれと話をしていく。ほとんど立ち飲み酒屋の雰囲気だ。

店長の正確な年齢は知らないが、自分よりもう少し年上で、たぶん五十手前くらいだと杏子は思っている。結婚していたかどうか定かではないものの、現在ひとり身であることは間違いないらしく、そのことがちょくちょく客たちの話題にのぼるので杏子も知っていた。

「フクちゃんもさあ、そろそろどうなの」

常連客のひとり、近所の和菓子屋のご主人橘川さんが今日もそんな風に話をふる。

「どうって、何が」

「結婚。世の中じゃ婚活が流行ってるらしいじゃないの」

「そんなの、ずいぶん前からでしょ。何を今さら。おれさあ、もう若くないんだよね。無理だよねえ、婚活」

店長の緑郎はのんびりと答えながら、橘川さんがいつも買っていくグァテマラ・アンティグアの生豆を焙煎機にセットする。あんこには緑茶よりもコーヒーが合う、それも濃いめのグァテマラが一番合うんだ、というのが口ぐせの橘川さんは、先代が生きていたころ、店で出す客用のお茶の代わりにコーヒーを出そうとしてしこたま怒られたらしい。まんじゅうには緑茶って昔から決まってるだろ莫迦野郎、というのが先代の云いぶんで、それきり店で出すのはあきらめて、もっぱら家でつくりぞこないのまんじゅうを食べながらコーヒーを飲むことで満足しているそうだ。そんな二代目の橘川さんも今では早朝あんこを練るとき以外は三代目の息子夫婦に店をほとんど任せ、日中はふらふらと半分隠居のような生活を送っている。

「いやいやいや、わたしらみたいな年寄りでもシニア婚活っての、この間テレビでやってたわ。連れあいに先立たれて孤独に生きてるじいさんがさ、がんばって嫁探ししてるんだよ。泣けるよ、没イチ」

「ボツイチって?」

「連れあいに先立たれたもんのことをそう呼ぶんだと。離婚してひとり身になったらバツイチだろ、それと区別してるんじゃないか」

「へえ」

ふたりの会話を聞くとはなしに聞いていた杏子が思わず声をあげる。手には試飲用のサントスショコラが入ったポットを握っている。

「何だか身も蓋もない名前だねえ」

焙煎の具合を確かめながら、緑郎が下あごの無精ひげをひと撫でした。たいして興味がなさそうな態度に橘川さんが焦れたように云い募る。

「他人事じゃないって、フクちゃんもわたしもさ、男はひとりになるといろいろだめだよ。女は逆にひとりのほうが元気になるって云うけどさ。フクちゃんはまだ若いからいけるって」

「若くないって。それに橘川さん、奥さんまだ健在なのに、今からそんな話してどうすんの」

「婚活、してみてえなあ」

「そっち？　結局自分がしたいだけなんじゃない」

なはは、と空気が抜けたように軽く笑い、「今日はどうします？　挽いとく？」と訊ねた。

「挽いといてくれ。でもさ、フクちゃん、半世紀近く同じ女と暮らすのもいい加減、飽きるわな。女房のほうだってそうだよ。だから町内の旅行だ友だちとの食事会だ何だってうちにいやしねえ。それでいいけどさ、べたべたする歳でもないしな。べたべたされても気持ち悪いってか。でも相手が変われば気分も変わるってもんだろ。なあ、杏子ちゃん」

「なんでそこでわたしにふるんですか」

杏子が顔をしかめて紙コップに淹れたコーヒーを手渡す。

「今日のはサントスショコラです」

「おっ、ありがとう。杏子ちゃんちは、結婚して何年だっけ？」

「今年で十五年です」

「まだまだ、だなあ」

「ですね」

橘川ご夫婦にくらべたら、と杏子は続けようとしてふっと口をつぐんだ。何が「まだまだ」なのか。夫婦の成熟度として、なのか。それともお互いの存在に飽きるまで、なのか。十五年という月日はけっこう長く感じる。お互いの手のうちはおおよそ知り尽くしているから、若いころのように面と向かってはげしく云いあったり、逆に手をとり合って何かに邁進したりすることもない。けんかするのも新しい関係を構築するのと同じくらいのエネルギーを必要とする。何事もなくおだやかに……というとすでに老成した夫婦のようだけれども、これがほんとうの老夫婦となるまでにあと三倍以上の時間を費やすのかと考えると、杏子は軽いめまいのようなものを感じた。

子どもでもいればまた話は別なのかもしれないけど……。

そんなことを考えていると、橘川さんがサントスショコラをひとくち啜り、うらやましそうに云った。

「いいねえ、まだ、ラブラブで」

緑郎ではないが、そっちかよ、と杏子は心の中でつっこんでから答えた。

「ラブラブって、大体結婚三年目くらいまでに使う言葉じゃないですか」

「そうなの？」

「わからないですけど。少なくともうちはそんな感じですよ。とっくにラブラブじゃありません」

「違うのか」

「違います」

そもそもいい歳こいた大人が三人集まって、婚活とかラブラブとか、使いまわされた挙句すでに色褪せたような甘たるい言葉を口にしている時点でどうかと思う。すぐにそっち方面に話を持っていこうとするのも橘川さんの悪い癖だった。

「けどまだ、いろいろいたしたりするんだろう？」

「いたすって？」

「またまた、とぼけちゃって。なあ？」

にやにやと意味ありげに笑いながら緑郎に目配せする橘川さんを見て、このエロ親父、と云ってやりたいのをぐっと我慢する。意味はわかるが、若い子ならともかく、自分のような年代の女をからかって何がおもしろいのかと杏子は内心呆れている。過剰に反応するとつけあがるので、すました顔で「はいはい、ほどほどにいたしてます」とてきとうに答えた。

「やっぱりねえ。そうこなくっちゃねえ」

何が「そうこなくっちゃ」なのかわからないが、橘川さんはそう云うと満足そうに頷いた。

「ほら、杏子ちゃんもいたしちゃってるんだから、フクちゃんもがんばらないと。女っ気がないから、この店も色気がねえんだよ」

「色気、ないですかね」

「ないね、ないない。この紙コップとか。ほとんど検尿コップだよ」

「検尿……」

緑郎はショックを受けたように橘川さんの手にある白い紙コップに目をやった。

口の悪い橘川さんが帰ってからも、豆樽に置かれた空の紙コップを緑郎がぼんやり見つめているので、杏子は少しかわいそうになり声をかけた。

「店長、あの……コップにフクロウのはんことか押しません？　よかったらわたし、つくってきますよ。消しゴムはんこ、けっこう得意なんです。あ、もちろん、プロにつくってもらってもいいと思いますけど、素人っぽいほうが味があって、お店の雰囲気に合うかもって考えたんですけど」

「……うん、ありがとう」

まだどことなくうわの空の感じで緑郎が礼を云う。そんなにショックだったのかと杏子は心配そうに横顔を眺めた。

「杏子ちゃん」

「はい?」

「いたしちゃってるのかあ、いいなあ」

「……」

遠い目で云う緑郎を無視して杏子は紙コップを片づけにいく。少々乱暴に握りつぶしてから、レジの奥のごみ箱に放り込んだ。


杏子のつくったフクロウはんこはおおむね好評だった。とはいってもほめてくれるのは緑郎とバイトの森尾くん、客では橘川さん他数名くらいだったが、それでも杏子は満足していた。

「杏子さん、かわいいっすね、これ」

森尾くんはつんつんと尖った髪でそんな風に云ってくれた。

「ほんと?　そう云ってもらえるとうれしいわ」

「このちょっとひねくれた目つきとか、いい感じっす。あー、おれも今年は年賀状、消しゴムはんこにしてみようかなあ」

バイク好きメカ好きの森尾くんはこう見えて案外女子力が高い。「かわいい」という言葉をあたり前に使うし、そのポイントも絶妙なところを突いてくる。森尾くんには高校時代からつきあっている彼女がいて、その子のことをとても大事にしている。バイト終わりにこれからデートだからと早々にあがってしまっても、あまりにうれしそうなので無理にひきとめる気も起こらない。そのデートも彼女おすすめのパンケーキをふたりで食べにいくとかほほえましいものだった。

「森尾くん、年賀状書くんだね、若いのに」

「書きますよ。逆に、手書きで書くってなかなかないから新鮮でおもしろいんすよ。ほら、今ってＬＩＮＥとかメールでちゃっちゃっとすませちゃうから」

「へえ、そうなんだ」

「あ、杏子さんにも送ります。彼女と連名ですけど、それでいいっすか？」

「連名？」

問い返すと、森尾くんはにたあっと満面の笑みで答えた。

「おれたち、同棲するんです。就職も決まったし、まあ、いずれは将来のことを考えて……ってとこっすかね」

「結婚、するんだ？」

「はあ、まあ一応。けじめっていうか」

「ふうん。いいなあ、しあわせそうで」

心から出た言葉だった。うんうん、と意味もなく頷きながら、この仕草自体がすでにおばちゃん化しているのを自覚しつつ杏子は何度も首をふった。

「杏子さんちもしあわせそうじゃないっすか。ふたりでカフェめぐりとかするんでしょ。そういうの、年食ってからもできる夫婦におれたちもなりたいっす」

「あ、年食ったって云ったね、今」

杏子がわざと軽くにらんでみせると、森尾くんは「いやいやいや」と焦ったように胸の前で両手をふった。その慌てかたが肯定以外の何ものでもないことはわかっているので、何だかな、と苦笑しつつ続ける。

「いいわよ、もう。あれはね、単なる旦那の趣味なのよ。自分の好みの店を見つけてわたしを連れていきたがるの。森尾くんはそうじゃないでしょう？　ちゃんと彼女さんにどこの店にいきたいかを訊いて、それで一緒にいってるじゃない。旦那は訊かないもの。根本的なところが間違ってるのよね、あの人」

「じゃあ、嫌々いってるんすか？」

「うーん、嫌ってほどでも……」

嫌々、というのとはちょっと違う。杏子はそれをうまく説明できそうな気がしなかった。

圭一は確かにいちいち訊ねない。けどそれは杏子の好みを知って選んでくるからだ。いや、やっぱり圭一の好みか。前に待ちあわせのカフェで感じたような奇妙な一体感を伴うねじれた感情にぶちあたり、どっちがどっちの「好き」だったのか、よくわからなくなってしまった。

「好きかと云われると、ねえ」

「なんか、いろいろ複雑っすね、夫婦って」

「そうなのかな」

そんなに複雑とは思えないけれど、と杏子は思う。むしろ、単純なのかもしれない。簡略化した挙句にいろんなものを端折りすぎて、本質のところを見失ってしまったような気もする。

じゃあ、と森尾くんが云う。

「ほめてあげたらいいんじゃないっすか？」

「え」

「嫌じゃないんなら、ありがとういい店ねって。それでふたりとも気分よくなるじゃないっすか。あ、生意気云ってすみません」

メビウスの輪並みにねじれた輪っかをたちまちきれいな正円にととのえて、はい、とあっさり差しだされた気分だった。

「そっか。ほめたらいいのか」

なるほど、と感心する。

ほめられて悪い気はしないに違いない。杏子だってフクロウはんこをほめられてうれしかったのだ。そうかあの人、ほめられたかったのか。けれども今さら夫をほめるという行為は意外にもハードルが高い。杏子には自分が森尾くんのようにきれいな円をつくれそうには思えなかった。

「森尾くんはまん丸なんだね。しあわせの形だよねえ」

「なんすか、それ」

不思議そうに見返す森尾くんにあいまいな笑いで応えながら、きっと自分だけじゃなく圭一もねじれた輪っかを直すことはできないだろう、と杏子は考え、がっかりするかと思いきや、ざまあみろ、となぜだか小気味よく感じる。

「まあいいや。それより、辞める前に住所、教えてくださいね」

「あれ、知らなかったっけ？」

「知らないっす。連絡用に携帯の番号とメアドを教えてもらっただけで」

「ん、了解。森尾くん、今月までだもんね。さみしくなるなあ」

「おれもっす」

素直に同意してくれる森尾くんをかわいいと感じながらも、ちっともそんなこと思ってないだろこの野郎、と、目の前の自分じゃなくすでにもっと先の未来を見つめているみたいな微妙に交わらない視線を、一瞬ちょん切ってやりたいと杏子は本気で思った。

森尾くんのバイトの最終日、店の近くの居酒屋で送別会を開いた。

会社帰りのサラリーマンたちが寄るような気軽な雰囲気の店で、平日の夜にもかかわらずけっこう繁盛している。こういう店はひさしぶりだった。圭一はあまり騒がしい店を好まない。自分もそうだと思ってきたけれど、このざわついた安っぽい空気がなつかしいというか案外心地いい。若いころを思いだし、羽目を外したくなるような昂揚感があった。

「店長、どうっすか」

送られる側の森尾くんがせっせと緑郎に酌をしている。自分がバイクできているから飲めないという罪悪感が少しはあるようだ。こんな日くらいバスか電車でくればいいのに、と思うが、森尾くんはそのあたりが鈍いというか、近頃の若者はおしなべてこういうものなのか、自分のスタイルを変える気はないらしい。結果、ノンアルコールでごまかしながら酌と話題をふりまく役目に徹していた。

「ほらあ、杏子さんも」

「わたしはもう。ちょっと飲みすぎたかな」

「んなこと云って。全然顔色変わってないすよ」

「顔に出ないタイプだもん。店長と違って」

杏子が目を向けると、緑郎が焦点の定まらないまっ赤な顔でふわふわと手をふってきた。そしてそのままかくんと首を折れると静かに眠りはじめた。あまり酒は強くないと見える。微動だにしない緑郎の寝姿がおかしくて、杏子はけらけらと声をあげて笑う。あれ、わたしってこんな笑いかたをしていたっけ。どうやら自分もけっこう酔っているようだ。

「杏子さんって、プロポーズ、どこでされたんすか」

「プロポーズ？　そんな昔のこと、忘れたわよー。何、訊きたいの？」

「訊きたいっす」

「嘘でしょ」

「いや、まじでまじで。今後の参考に」

意外にまじめに聞きたい様子の森尾くんに杏子は照れる。参考になんてならないと思うよ、と前置きしつつ、箸置きに折った箸袋を指先ではじきながらわざとそっけない感じで続けた。

「遊園地の、観覧車。べただけど」

「へえ、観覧車かあ。いいすね、それ」

「そう？」

「てっぺんのすげー見晴らしのいいところで、おれたちふたりだけの世界って感じで、どーん、プロポーズっしょ。いいなあ。映画みたいじゃないっすか。そういうの、あこがれるっていうか、自分もできたらいいなーなんて」

「………」

森尾くんがあいかわらずの女子力の高さを発揮して瞳をきらきら輝かせながら云うので、杏子はそのすてきな空想を訂正する気が失せてしまった。当時の圭一も今の森尾くんみたいに脳内シミュレーションを経てプロポーズを行う予定だったに違いない。

けれども現実は違う。緊張のあまり青ざめた顔で頂点を素通りし、観覧車がどんどんおりていくのに業を煮やした杏子が「何か云うことがあるんじゃなかったの？」と促して、やっと圭一からプロポーズの台詞をひき出したのだ。

地上まであと数メートルとぎりぎりの地点で。

それがいけなかったのかもしれない。

まあるい観覧車に乗ってプロポーズを受ける、それは今の森尾くんたちみたいにしあわせの絶頂であっていい筈だったのに、よりにもよって下降していく小さな箱の中で杏子が感じていたのは焦りと不安といらだちだった。それはこのさきの人生を暗示していたのだろうかと酔った頭で考える。結婚してからそれなりにいろいろあったし、上昇も下降も経験ずみだ。だからずっとくだっていたわけでもないのだけれど、何だかぱっとしない、同じところを超低速でまわり続けている観覧車から降り損ねてしまったような気がするのはどうしてか。

「……観覧車の遠心力ってどれくらいあるんだろ」

「へ？　なんすか、急に」

「あーそうか、かたつむり並みの速度の観覧車でも十五年もまわってるとね、さすがに遠心力で莫迦になっちゃうんだろうねー。っていうか、混ざっちゃうか。混ざってる感じ、するもん。最近、とみに。おそるべし、遠心力」

「杏子さん、意味不明っすよ。やっぱり酔ってるんすね」

「いや、酔ってない。逆に酔ってない。何だか頭が冴えてきた、すっごく。んー、遠心力じゃなかったら、あれだ、軌道が違うんだ。まん丸じゃないの、歪んできちゃうの、時間が経っちゃったから。ねじれた軌道？　メビウスの輪、みたいな？　なんか、そういうやつ。それで、上か下か、はじまりか終わりかもわかんないの。そりゃ降りられないわ。無重力なんだもん、あはは……」

「宇宙の話っすか？」

「違う、結婚の話」

杏子が据わった目つきで即答すると、森尾くんはまばたきしながら「深いっすね」と云った。

それからも本格的にねむり込んだ緑郎を置いて、ふたりでけっこう話していたように思うが、杏子は後半になるとあまり覚えていなかった。一方的に自分がしゃべるのを森尾くんが聞き役に徹してくれていた記憶はおぼろげながらあった。

緑郎がやっと目を覚ましたのを合図にお開きにする。ふらふらと足もとが危なっかしいので森尾くんが支えながら、コーヒーが飲みたいと云いだした杏子と三人一緒に店までもどった。

「じゃあ、彼女が待ってるんで。お先っす」

店先に停めていたバイクにまたがると、森尾くんはさっさと帰っていく。今日でおしまいという気がまったくしない別れかただった。まあ、遠くにいっちゃうんでもないんだし、と杏子は酔いの残った頭で自分を納得させながら、でもそう思って以来会わなくなった人間がこれまで何人いたことかと思い返し、ああ人生って儚いよなあ、とやや大げさに心の中で嘆いてみせた。

「コーヒー、飲も」

二階にあがる階段の三段目で力尽き、壁にもたれている緑郎を横目でちらりと見ながら小さく呟いた。

一階が店舗で二階は緑郎の自宅になっているが、杏子はあがったことがない。コーヒーでも飲めば少しはしゃっきりするだろう。ポットで湯を沸かしている間にふたり分の粉を用意する。

「店長も飲みますか？」

「……うー、うん」

否定と肯定の中間ぐらいのうめき声を勝手に肯定と解釈し、杏子はフクロウはんこを押した紙コップにコーヒーを注いで持っていった。

「悪いねえ、杏子ちゃん」

「いいえ、わたしも酔いざましですから」

ずいぶん飲みすぎたという自覚はあった。緑郎のように足もとがおぼつかないほどではないが、頭の芯がぼうっとする。こんなへべれけのいい歳した自分たちを置いて、颯爽とバイクで走り去った森尾くんが何だか憎らしい。

「……ああ」

緑郎はコーヒーを啜ると、大きく息を吐いた。

「切ないねえ」

おいしい、でも、楽しかった、でもなく、切ない。緑郎は妙にはっきりそう云ってから、なはは、といつもの気の抜けたような笑いを漏らした。

「……ですね」

ああ確かに、切ないのかもしれない。

杏子は同調する。森尾くんがいなくなったことよりも、今自分がここにいる所在なさをその言葉で置きかえたとしてだけれど。

「杏子ちゃん、酔い醒めた？」

「ちょっとだけ」

「まだならさ」

「はい？」

緑郎は微妙に視線をそらして云った。

「二階、あがってく？」

「店長、ひとりであがれないんでしょう」

「いたしちゃわないかなーなんて」

「飲みすぎですよ、もう」

立ちあがり、近づいた。

杏子は酔ってる証拠のようにふらりと上体を揺らしてから、小さな紙コップをぐっと手のひらで握りつぶした。

痛む左胸を庇いながら背中を丸めて杏子はミンチをこねる。今夜の夕食はハンバーグだ。冷たい肉がぐにゅりと指の間からはみ出るのを見ていると、少し気持ち悪くなってきた。どうしてこんな日にこんな献立にしたんだと訳もなく頭にくる。圭一はいくつになっても子どもみたいなメニューを好む。だから彼におもねるように無意識に献立を選んでしまっている自分にさらに嫌気がさしてきた。

たねを丸めてパンパンと腹立ちまぎれに叩いてから、小判の形にととのえる。フライパンに並べたところで圭一が帰ってきた。

「ただいま」

「おかえり」

急いで火をとめ、ふり返る。

「ちょっと、いい？」

「今？」

「大事な話なの」

云って、杏子はダイニングテーブルにさっさと座った。圭一はバッグを提げたまま直立の姿勢で三秒ほど考えたのち、「足を洗わないと落ち着かない」と気弱な困り顔で訴えた。

「じゃあ、いってきて」

「うん」

素直に頷き、バスルームに向かう。じゃあじゃあとシャワーの流れる音がここまで聞こえてくる。またバスルームのドアを半開きにしたまま洗っているのだろう。いつもなら、水が散るからきちんと閉めてと文句を云うところだが杏子にその気力はなかった。何からどう話そうかと考えているとまた左胸が疼いた。

「おまたせ」

巻きあげたスーツのパンツのすそを濡らし、圭一がもどってきた。うしろには湿った足あとが点々と続いている。水遊びを失敗して叱られた子どものような情けない恰好にため息を吐きそうになるのを何とかこらえた。

圭一が座る直前、フライパンの中の焼きかけのハンバーグにちらりと視線を走らせるのを杏子は見逃さなかった。きっと、生焼けのまま放置されている状態が気になったのだろう。何か云ってくるかと思ったが、圭一は軽く目を閉じ、見なかったことにしたようだった。

「杏子さん、どうしたの？」

やっと本題に入れそうな雰囲気になったので、杏子は居ずまいを正した。

「今日、病院にいってきたの」

「病院？」

「うん、胸にしこりがあって、それで」

「……」

圭一は驚いたように口を半開きにした。たぶん、ここ最近のふたりの暮らしの中で、もっとも想定外のできごとだったに違いない。そんな夫の姿を杏子は冷静に眺めていた。

　青ざめた顔で一度ごくんと唾を呑み込んでから圭一が訊ねた。

「……どっち？」

「ああ、左。左の胸のちょっと外側かな」

「いや、そうじゃなくて……」

　云い淀んだ圭一の顔を一瞬ぽかんと見つめ、それから杏子はぷっと吹きだして云った。

「良性か悪性かってこと？　だよね。そりゃそうか。大事なのはそっちだもんね。それはまだ。今日検査して、結果が出るまで一週間くらいかかるみたい。ぶっとい針で刺されたのよ、ぶすうって。それで組織を採って調べるらしいわ」

「そうなんだ。でも、よくしこりに気づいたね」

「あ……うん」

　感心したように云われ、口ごもった。

「検診にね、いったのよ」

　何が検診なものか、と杏子は自分で云っておいて呆れてしまった。

　あの夜、二階の部屋にもつれるように倒れ込んだ杏子の胸を、緑郎はセーターの下から順序よく、右、左、とまさぐっていった。そしてまた短く右、それから左じっくりと何かを確かめるように左胸を触り続けた。右、左、右、左。はじめて往来に出ていく初心者運転のドライバーのようだと杏子は酔った頭で考えていた。店長って、いたすときにはずいぶん慎重派なのだな、と天井を見ながらぽけっとしていたが、それにしてもやけに長いけど、と眉をひそめたと同時に動いていた手がぱたりととまった。そのまましばらく待っても何も起こらない。半分めくりあげられたセーターのすそのあたりがすうすうするばかりだった。

訝しく思いながら上半身を起こした杏子が見たのは、自分の足もとに身を縮めた様子で正座する緑郎の姿だった。

「杏子ちゃん、ごめんなさい」

かしこまった口調の緑郎の背後のうす暗闇に仏壇がぼんやりと見えた。そこに奥さんと思しき女性の写真を認めた途端、杏子も慌てて起きあがり服の乱れを直した。しかし意外にも緑郎の口から発せられたのは、妻の仏前でいたそうとした自責の念の類の言葉ではなかった。

「お願いです。病院にいってください」

「……病院？」

「左胸にしこりがあるの、気づいてなかったんでしょ。たぶん、間違いないと思う。おれの奥さん、乳がんで亡くなったんだ、だから」

「………」

杏子は呆然と緑郎の顔を見返し、それからまたその背後に目をやった。暗さに少しずつ慣れてきて、写真の妻の表情も読みとれる。若い。何年前に撮ったものか知らないが、亡くなってずいぶん時間が経ったのだろうと杏子は思った。そしてその輝くばかりの笑顔がまぎれもなく、しあわせの正円の頂点であることを物語っていた……。

「パートナーが見つけることもよくある話なんだって」

「そう」

さらりとつけ加えると、圭一の表情がわずかにひきつれた。それをごまかそうと畳みかけるみたいに言葉をついでいく。

「でも、よかったよ。あ、いや、よかったっていうのは変な意味じゃなくてさ、結果はこれからなんだし、それはそうなんだけど、杏子さんが自分でちゃんと検診を受けてくれて、しこりがはやく見つかったのがよかったってこと」

橘川さんや緑郎の前では「ほどほどにいたしてます」とてきとうに答えたけれど、ここ数年、杏子は圭一とまったくいたしていなかった。何か原因があったというわけでもない。しいて挙げれば何となく子どもをあきらめたころからで、だからといって示しあわせた記憶もない。ふたりの間に流れる空気がいつしかそうなったから、としか云いようのない事態は、いつもの、ねじれた輪っか問題と大差ないと杏子は自分でもわかっていた。

でも時々、思うのだ。

このまま夫との奇妙な一体感の中で生きていくわたしはじゃあ誰なのだろう、と。からからとまわり続ける観覧車の中でゆっくりと歳を重ね、夫と同化していくわたしという生きもの。老いを受けとめた白髪頭の一方から、髪を染めろとしつこく迫られる双頭の片割れ。若くはなくとも老いてはいけない雌雄同体。すでに女であることすら怪しくなってきたわたしが、その機能がいまだ自分に残されているのかふと試したくなってしまったことが、そんなに悪いことだったのだろうか。

「検査の結果、一緒に聞きにいくから、会社休んで」

「え、いいよ。子どもじゃないんだし」

「でも、夫婦でしょう」

やんわりと、でも決然と圭一が云う。自分こそ足もとを濡らした子どものような姿で。

「ふうん」

鼻から抜けたような返事をして、杏子が立ちあがった。

「ハンバーグ焼いちゃうから、着がえてきて」

「あ、うん」

コンロに向かい、放置されていたフライパンに火を点ける杏子の耳に椅子を引く音が聞こえる。なかなか去る気配がないので、ちょっと急かすように「はやくしないと焼けちゃうよ」とうしろ姿で声をかけた。

「あのさ、杏子さん」

「何？」

「えらかったね」

圭一がどういう意図でもってそう云ったのか、杏子には正直わからなかった。検査にひとりで耐えたことか、今夜報告するまで隠して黙っていたことか。そこに至るまでのほんとうの過程を夫が知ることはおそらく一生ないだろう。

ざまあみろ、と心の中で呟いた。けれども口をついて出てきたのはまったく違う言葉だった。

「……ありがとう」

フライパンに蓋をし、杏子はハンバーグが焼けるのを呆けたように待った。時間の感覚がずれたみたいな変な気分だった。左胸がじんじんどきどきする。もうそろそろできただろうか。

焼け具合を確かめるため表面に竹串を刺すと、中から濁った肉汁がじゅわりとあふれ出てきた。

透明になった犬の話

夢二がすっかり透明になって帰ってきたのは、もう何度目かわからない脱走の翌朝のことだった。

彼女にしてみれば、脱走なんてとんでもない、つまりはみなさんのお手を煩わせることがないよう人目を避け、ひとり気ままに散歩してきただけのことですとすまし顔で云ったろう。いやほんとうに犬がしゃべるわけもないのだが、そんなケロリとした表情でチャッチャッと足の爪をかき鳴らし、悠然と家の中へ入っていくのを常としていた。でもその日は透明だったから、そんな顔を見ることもできないのだった。

実際、彼女はよく脱走した。

夢二式美人がゆえんの柳腰のような長い胴体をくねらせ器用に首輪をすり抜けると、いつの間にか出ていってしまう。そのしなやかさは猫のようで、確かに猫のように気まぐれな性格を持ちあわせていたけれどもちろん猫である筈もなく、猫的な性格をしたメス犬なのだった。夢二は白い日本犬の雑種であったが、長くて細い胴体と、瞬発力を秘めたうしろ足と、すらりと優雅に伸びた前足とを持っていた。

玄関に立ったわたしは、初冬の朝の冷たさから逃れようと、片方の足の裏をもう片方の足の甲にのせては順番を入れかえるといった仕草をくり返していた。隣には姉の綾子が立っていた。夢二の帰ってきた気配に大急ぎで布団から飛びだしてきたわたしたちは、しばらくものも云わずにガラスの引き戸のかたわらにいるらしい透明な夢二に目をこらした。

何気なく綾子姉ちゃんの足もとを見ると、ふかふかの灰色ウサギの毛でできた室内履きを履いていた。身体の弱いお姉ちゃんのためにイズルおじさんが買ってきたものだ。よく見ると、肩には羊毛一〇〇%のストールがかけられていた。これは父さんがプレゼントしたものだった。前に家族でドライブにいった先の牧場にいた羊の毛と同じ色をしていた。

あの朝、うすっぺらなパジャマ姿に素足の自分と、あたたかな獣たちの体温に包まれて立っている綾子姉ちゃんとをくらべて少し情けない気分になったのを覚えている。お姉ちゃんはいつだって用心深くてかしこいのだ。それなのに、どうして病気になんかなったんだろう。

わたしの情けなさが伝染したわけでもないだろうに、いつもなら心配顔で出迎えるわたしたちの視線など軽く無視してさっさと中に入ってしまう夢二も家にあがらず、じっと動かずにいた。夢二自身、自分の身に起きたことに困惑しているのか、それとも驚いて声も出ないわたしたちに対して何だか申し訳ないような気持ちになっているのか、目には見えないものの、そんな戸惑った空気が伝わってきた。

起き抜けのわたしもぼんやりした頭でどうしたらいいのか途方に暮れて、所在なさそうに右足と左足を交互にすり合わせ続けた。

「夢二、おかえり」

突然、綾子姉ちゃんの澄んだ声が響いた。やさしくて迷いのない、わたしの大好きな声だ。はじかれたように気をつけの姿勢になったわたしはお姉ちゃんの顔を見あげた。

四つ年上のお姉ちゃんとは頭ひとつ分の身長差があったから、いつも最初に目に入ってくるのは細いあごのラインだった。痩せて尖ったあごから耳への線が儚げでうつくしかった。そのラインを途中ですっぱりと切り落とすようなまっすぐな黒髪も、どちらかというと茶色に近いちぢれ髪のわたしにはあこがれの的だった。お姉ちゃんは自分にはないものをたくさん持っている、その時はそう思っていた。

「夢二、おかえり」

オウムのように姉の声をまねてわたしは続けた。すると安心したのか、夢二は何事もなかったかのごとくするりと家の中へ入ってきた。爪音は聞こえなかった。

横を通り過ぎる瞬間、右のふくらはぎに夢二の身体の一部が触れたような気がした。それはふんわりとした熱を含んでいるものの、かすかに感じる程度のものだった。

透明になった夢二をわたしたち姉妹が迎えいれてから数日経つと、なぜかわたしたちの周囲の空気がギクシャクしはじめた。要するに父と母の様子がおかしくなったのだ。

「きっと夢二はどこかのおうちに拾われて大事に育てられているに違いないわ」

顔の左右のバランスがとれないみたいなぎこちない笑顔で母がこう云うと、

「いやいや、案外、毛並みのいいハンサム犬とでも知りあって仲よく暮しているのかもしれないぞ」

テープで無理やり口角を貼りつけたみたいな笑顔で父は軽薄に応じた。白々しい空気のなか、わたしと綾子姉ちゃんはあいまいに笑ってその場をやり過ごした。

両親は夢二がここにいることに気づいていないのだ、わたしたちはそう結論づけた。見えないばかりか感じることもできないから、きっとあんな風に云うのだろう。帰ってこない夢二の身を心配するあまり、わたしたちがあらぬ想像を働かせたりかなしみに暮れたりするのを両親はおそれているのだ。もっと正確に云うと、子どもたちふたりのどちらかが夢二の死を連想することをおそれていた。

むろんそれは病弱な綾子姉ちゃんのためだった。姉自身が死について深く考えることや、幼いわたしが考えもなく死という言葉を姉の前で使うことなんかをだ。両親のいるところで軽々しく死という言葉を扱ってはいけないのは当時のわが家の暗黙の掟だった。

そんな心配をよそに、わたしとお姉ちゃんはふたりきりになるとよく死という言葉を口にした。もちろん、父や母の前で使うようなへまはしなかった。ただ、その言葉に過剰に反応する両親の気持ちがわたしたちにはわからなかっただけだ。

ふだん目にする物語の中で、死という言葉は生きると同じくらいありふれたものだったし、それよりも恋愛や性といった言葉のほうがもっと身近で生々しく血の通った言葉で、わたしたちはその言葉のほうをおそろしく感じていた。口の端にのせればたちまち脈うち暴れだすような、そんな種類のおそろしさだった。だからどちらからもその話題に触れることはなかった。

「夢二は死んじゃったのかな。それで幽霊になって帰ってきたと思う？」

綾子姉ちゃんのベッドによじのぼり、勝手に布団にもぐり込みながらわたしは訊いた。勉強机に向かって参考書を開いていたお姉ちゃんがふり返る。

「八重ちゃんはどう思う？」

「わかんない」

面倒なことは姉にあずけるつもりでわたしは即答した。

「もう、八重ちゃんたら」

あきれた口調とは反対に、綾子姉ちゃんは眉をさげ笑顔を見せている。ほころんだ口もとからちらりと八重歯が顔を出す。

わたしと同じ名前のこの歯のことを姉は時おり「わたしの八重ちゃん」と呼んだ。西洋では吸血鬼の歯と忌み嫌われるその尖った犬歯を姉は気にいっていた。笑うと覗くそのアンバランスな歯並びはお姉ちゃんをより魅力的に見せるのに成功していた。

「だって……」

わかんないから聞いたんだもん、と口の中でもごもご甘えるように云ってさらにもぐった。お姉ちゃんはいつもわたしの意見を先に聞こうとしてくれる。その代わり自分の発言には慎重だ。思慮深くてやさしいお姉ちゃんはわたしが投げっぱなしにした質問についてじっくり考えているに違いない。

わたしはというと、姉の使っている布団のあまりの軽さにすっかり気をとられてしまっていた。

「これ、軽いね。かけてないみたい。わたしの布団と大違いだよ。こんなのであったかいの？」

「あったかいわよ、もちろん。だってそれ羽毛布団だもの」

「ウモウって何？」

「羽根のこと。白鳥の羽根でできているの。しばらくじっとしていたら、あったまってくるから」

そう云う綾子姉ちゃんの口調は少しだけ自慢げだった。布団といえば重たい綿布団しか知らなかったわたしは、羽根でできた布団というものが今ひとつ理解できなかった。けれども色の白い綾子姉ちゃんが白鳥の羽根に包まれている姿を想像するとバレリーナみたいでとても似合っている気がした。ここでもお姉ちゃんはあたたかな獣たちの体温に守られている、わたしはうらやましくて仕方なかった。

姉の云うとおり、顔だけ出して空気が逃げないように首のあたりでぎゅっと握り込んで動かずにいると、次第にふやふやしたものが自分の身体のまわりを漂いだした。そうしてくるくるとあたたかな空気に巻かれていくわたしは、襲ってくる睡魔に半分身をあずけながら考えていた。こんなのどこかで見たことあるような……。

そうだ。これって綿菓子みたい。だってふんわりと何層にだって巻かれていくんだもの。だったらわたしは綿菓子の棒ってこと？　そんなのつまんないわ、ねえ、お姉ちゃん……。

姉に話しかけているつもりでも、わたしの声はどんどんとどこか遠くへ運ばれていってしまう。別の方向から綾子姉ちゃんの声がかすかに聞こえてくる。

「でも夢二は何だろうね。わたしは幽霊なんかじゃない気がするわ。そりゃね、足音もしないし、抱きあげようとしても重さはほとんど感じない。けど、八重ちゃんもわかるでしょ。夢二は透明になっただけで、ちゃんとあたり前にそこにいるって。そうは思わない？」

うんうんと頷こうとした時にはもう、声ばかりかわたし自身も眠りのかなたへと運び去られてしまっている。その後色つきの夢を見た。

わたしは空を飛んでいる。白いチュチュを着て、それこそ羽毛のようにとても軽く、背中にも羽が生えている。右手には綿菓子の棒を握りしめ、うれしそうに。うしろをふり向けば、灰色ウサギとやさしい目をした羊がおともでついてきている。彼らの背中にも小さな白い羽が生えている。意気揚々と自由に空を飛びまわるわたしはふと不安に襲われる。

ほんとうにわたしが先頭でよかったのだろうか。だってこのさきどこへ向かうべきかもわからないのに？

その時、はるか先の光り輝くようなところを飛んでいる犬がいることに気づく。先が少し折れた両耳に白い毛皮。夢二だ。くねくねと身をよじるようにして飛んでいる。あまりはやくは飛べないらしい。あれならきっと追いつける。急に自信をとり戻したわたしはぐんと力強く一気に加速した。

布団から這いでるその前に、今朝がこの冬はじめての特別な朝だとわかった。

自分の部屋のベッドの中で、わたしは知らず知らずのうちに息をひそめた。身動きせず、じっと耳を澄ます。このことに綾子姉ちゃんだってきっと気づいている、わたしはそう確信した。

頭までかぶった布団の中で、それはもうはじまっている。布団の重さとは別の種類の重みがわたしの身体を押さえ込む。息苦しいのではない。その重みはけっして不快なものではなく、むしろざわついた気持ちを落ち着かせる類のものだ。なぜなら冬の夜に静かに降りつもる沈黙の重みなのだから。

沈黙はすべてに降りつもる。わたしの上にだけじゃなく、家の屋根にも往来にも町全体にも。そうして外界のあらゆる音を吸いとると、まっ白な世界へと変えていく。そんな夜を越えて、何も知らずねむり込んでいた筈のわたしは必ずいつもよりはやく目を覚ました。

誰かが見えない手でそっと両耳を塞いだようなそんな朝……。

「八重ちゃん、起きてる？」

ドアの向こうから綾子姉ちゃんの遠慮がちな声がした。

「もちろん」

わたしは沈黙を跳ねのけるようにがばっと起きあがる。

「ちょっと待ってて」

慌てて洋服ダンスから厚手の靴下とカーディガンをひっぱり出すと身につけた。ドアの外では綾子姉ちゃんと獣たちとが万全の体勢で待っているに違いない。

焦ったせいでカーディガンのボタンをかけるのにひどく手間どってしまった。木でできた四角いボタンはわたしの指には大きすぎたし、毛玉のついたカーディガンは草餅みたいな色合いで同級生の受けは悪かった。それでもわたしはこれをとても大事にしていた。珍しく母の手づくりだったからだ。その手編みのカーディガンを着ていると、お姉ちゃんに少しだけ勝ったような気がした。

急いで部屋を出ると、予想どおりの恰好をした綾子姉ちゃんが立っていた。今朝はキツネの毛皮でできた寒い国の人が持っているような帽子を耳が半分隠れるまでかぶっていた。その隣には夢二がちょこんと座っていた。

「あんたも早起きなのね」

わたしは夢二に声をかけた。

ふたりで縁側から庭へと続く冷たいガラス戸に手をかけ同時に開くと、外は一面の雪に覆われていた。

まだ誰も足を踏みいれていないまっさらな雪を見て、眠っている両親を起こさないようにわたしたちは小さく歓声をあげた。さらさらとやわらかく降りつもった雪を踏みしめるときのあの感触といったら。はじめの一歩を踏みだすというその瞬間を想像しただけでわたしたちの胸は高鳴った。

「せーのでいく？」

目の前の景色から一瞬だけ目を離すと、綾子姉ちゃんがわたしに訊いてきた。朝陽を浴びて反射する雪の表面に心を奪われたまま、わたしは小刻みに首を縦にふった。寒さなんかまったく気にならなかった。

「じゃあいくよ。せー……」

「せー」の部分を揃って声を出し、「の」と云い終わる前にふたりの足もとから何かがさっと飛びだした。夢二だった。

小さな肉球の判を押すみたいに、ぽんぽんと夢二の足形が白い雪の上を走っていった。何かのリズムを刻むかのように、軽妙な間を置いては次々と現れていく。もちろん夢二の姿は透明で何も見えない。でもその時のわたしたちには夢二がうれしそうに庭を駆けまわっている姿が手にとるようにわかったのだ。

「夢二はどこへもいってなんかないよね」

小さな足跡のダンスを眺めながらわたしは云った。細かくはじけ飛ぶ粉雪がきらきらと目に映る。

「だってほら、足だってちゃんとある」

小さくつけ加えた。

「見えないのは夢二が生きているから。幽霊だったら逆に姿を現すわ」

綾子姉ちゃんはそう云うと、腰を屈め、ひと摑みの雪を庭へ放った。雪のつぶては夢二にあたり、空中へと散っていった。その瞬間、夢二の輪郭が見えたような気がしたけれど、気のせいだったのかもしれない。

わたしたちは庭におり立った。夢二のつけた足跡をよけて雪を踏みしめる。サンダル履きの足跡が白い表面に浮かびあがった。わたしのとお姉ちゃんのとふたつ。お姉ちゃんはスリッポンを履いている。なぜか裸足で青白いかかとが無防備に冷たい空気に晒されていた。わたしたちはどちらからともなく顔を見合わせ笑った。それから勢いよく雪を蹴り、走りまわる夢二と一緒になった。

「八重ちゃん、えいっ」

かけ声とともにお姉ちゃんの投げた雪がわたしの顔にあたった。すぐにわたしも手近な雪を丸めてから、「もう、お姉ちゃん」と負けずに投げ返す。

そのうち夢二も加わり雪合戦になった。夢二はただ逃げまわるだけだったり、わざと近づいてはひょいと身をかわしたりするのが楽しいらしかった。雪の上の足跡はもうぐちゃぐちゃに入り乱れて、どれが誰の足跡かわからなくなった。

遊び疲れて縁側に並んで腰をかけると、わたしの顔は泣いたあとみたいにぐしゃぐしゃになっていた。帽子からはみ出たお姉ちゃんのまっすぐな黒髪を雫が伝って落ちていく。指の先はかじかんで感覚がなかったけど、しばらくじっとしていると身体の内側から熱が伝わってじんじんと痺れてきた。お風呂に浸かったときのあの感覚が、自分の中から起こってくることが不思議でおもしろく、わたしは身じろぎせずに指先に集中した。

お姉ちゃんも同じ感覚でいるんだろうか？　そう思って黙ったまま座っていた。夢二はまだ庭にいて、雪の冷たさを味わっていたいようだった。

わたしたちの息は荒く、わたしとお姉ちゃんは交互に白い息を吐き続けた。時間はとまっているようでとまってなどいなかった。ふいにわたしはこのまま時がとまってくれたらいいのに、と思った。

隣で綾子姉ちゃんが小さく咳をした。

イズルおじさんは父の弟だ。

歳は父とそんなに離れていない筈なのにずいぶん若く見えた。おじさんはあごひげを生やしていて、ふつうならばひげのあるほうが年かさに見えそうなものなのにやはり父よりずっと年下に見えた。勤め人である父と違い、自由気ままな生活を送っているからかもしれなかった。世界のあちこちを旅行しては、その土地についての文章を書いたり写真を撮ったりするのを生業にしていた。だから日本にいることは少なく、そう頻繁にわが家を訪れることもなかったが、現れるときにはいつもわたしたち姉妹へのおみやげが入った大きな紙袋を抱えて現れた。珍しい異国の品を目にするのをわたしもお姉ちゃんも心待ちにしていた。それにふたりともイズルおじさんのことが大好きだったからなおさらだった。

お正月が過ぎ、冬休みも終わりに近づいたころ、イズルおじさんはふらりとやってきた。それはいつもの登場の仕方と同じで、大体は急にやってくるか、連絡してきたとしても当日の朝とかそんな感じだった。その日の朝も母が電話で誰かと会話している姿を目にしていた。「まあ、ひさしぶり」とか「元気にしてた？　あちらでお正月を？」とか訊いていたからきっとそうだと思う。

玄関のチャイムが鳴るとわたしはまっさきに飛んでいき、イズルおじさんのために引き戸をがらがらと開けた。この役目はいつもわたしに決まっていた。

「やあ八重ちゃん、ひさしぶり」

ひげ面に満面の笑みを浮かべてイズルおじさんはまずあいさつする。そして必ずこう続けるのだ。

「綾ちゃんは？」

「部屋にいる。この間から風邪。今日熱は出てないけど」

低く短いフレーズ。何となくおもしろくなくてわたしは大抵こういう答えかたをする。そっけないのは自分でもわかっている。けれどもわたしのこんなしゃべりかたをおじさんは気にしないし、それは両親だって同じことなのだ。必要なのは綾子姉ちゃんの身体の具合についてであってわたしの機嫌ではない。わたしというファインダー越しにみんなが心配そうに綾子姉ちゃんを見つめている、そのことに小さいころから気づいていた。

「風邪が長引くのはよくないね」

わずかに眉根を寄せてから、不安げに見あげるわたしの視線とぶつかるとイズルおじさんはすぐににっこりと笑った。

「いやいやでも、熱がないのはけっこう、けっこう」

そして重そうな紙袋を玄関におろすと飴色の革靴の紐を丁寧に解きはじめる。無造作に置かれた紙袋の中身をわたしは見たくて仕方がない。そこをぐっと我慢して、紙袋から漂ってくるかすかなにおいに集中する。それはその国の空気のにおいだ。おじさんの整髪料の香りを避けて、紙袋自体に染みついた異国のにおいを嗅ぎわける。それは香辛料のにおいであったり長く続く雨のにおいであったり焼けついた砂のにおいであったりした。

やがて靴の紐をすっかり解き終わると、イズルおじさんは長年住み慣れた家に帰ってきたようなくつろいだ様子であがっていくのだった。

綾子姉ちゃんはベッドの上に座っていた。パジャマ姿で肩には羊毛一〇〇%のストールをかけている。顔色はよく、おじさんが部屋に入るとうれしそうに頬を上気させた。

「イズルおじさん、おかえりなさい」

「姫の調子はいかがかな？」

イズルおじさんはおどけたように云い、毛足の長いカーペットの上にあぐらをかいた。

お姉ちゃんは両足をベッドからおろすと、かたわらの大きなクッションに身をあずける姿勢で、「こんなのへっちゃらよ。だってただの風邪だもの」と答えた。

実際には綾子姉ちゃんの体調はあまり芳しくなく、熱の出る日と出ない日をくり返すような日々を送っていた。このままだと冬休みが終わってからの登校も危ういのではないかと両親が話しているのをわたしは知っていた。

「そうか、そうか」

おじさんはやさしい表情で二回頷き、おみやげの袋をわたしたちの前に差しだした。

「さあ、どれが誰のかわかるかな？」

「もちろん」

　わたしたちは意気揚々と声を揃え、紙袋を受けとった。ベッドの上にある毛布にそれらの中身をとり出していく。ひとつは肌触りのよいなめし革でできた白樺色のブックカバーだった。銀色のうつくしい糸で蔦のような蔓植物が表と裏に刺繍されていた。もうひとつは桃色のブタのぬいぐるみで、背中の部分にターコイズブルーのアゲハ蝶の刺繍がタトゥみたいに入っている。

「わたしのはどっちかしら？」

　綾子姉ちゃんが熱っぽい目をさらに潤ませた。一目でわたしにはわかっていた。ブックカバーがお姉ちゃんので、ブタがわたしのだ。

　イズルおじさんがカナダのもっと北の寒い国にいった時も、毛皮の帽子がお姉ちゃんので、手づくりの布製の人形がわたしのだった。民族衣装を着た細かなつくりの人形なのになぜか目と鼻と口はマジックで雑に描いてあった。メキシコ旅行の時にはお姉ちゃんが色あざやかなポンチョで、わたしがしかめ面の顔がいくつも重なったトーテムポールの置物だった。だから今回だってすぐわかる。だってブタの顔がおそろしくかわいげがない。

「こっちがわたしのだと思う」

　しぶしぶといった感じでブタのぬいぐるみを摑みあげる。

「そうだよ、よくわかったな。八重はこういうの好きだろう？」

イズルおじさんは感心したように笑った。

「うん……好きだよ」

軽く頷いてからわたしは自分に云い聞かせた。そうだ、わたしはこういうのが好きなんだった。

「じゃあわたしはこのブックカバーね。とってもすてき。イズルおじさん、ありがとう。大事に使うわ」

綾子姉ちゃんはほほえんでブックカバーをそっと撫でた。部屋の照明の加減で銀糸が金糸のように震えながら色を変えた。ブタのぬいぐるみを胸に抱きながらも、ついその繊細な装飾に目がいってしまう。気をとり直してわたしはおみやげが入っていた紙袋を持ちあげた。

「この袋ももらっていい？」

「ああ、いいよ」

その時、持ちあげた袋から何かがぽろりと転がり落ちた。握りこぶしくらいの大きさの木でできた玩具だった。

「あれっ、もう一個あるよ」

わたしが素っ頓狂な声をあげると、イズルおじさんは一瞬しまったという顔をした。

「それは……犬用のおもちゃなんだ。義姉《ねえ》さんから電話で聞いたよ、夢二がいなくなってしまったんだってね。こんなものを持ってきて君たちにつらいことを思いださせてしまったな。ぼくが迂闊だった、申し訳ない」

誰よりも自分が一番つらそうな表情でおじさんはわたしたちに謝った。その姿を見たわたしと綾子姉ちゃんは目配せして頷いた。イズルおじさんになら話したってかまわない、ひょっとしたらおじさんになら夢二がわかるかもしれない、とお互いに考えていたからだ。口火を切ったのはお姉ちゃんだった。

「おじさん、夢二はね、いなくなってしまったわけではないの。透明になって帰ってきたのよ」

わたしも部屋の隅にある水の入ったお皿を指さす。

「あのね、夢二はお水だけ飲むんだよ。それも薄荷水が大好物なの、変でしょ。ごはんは全然食べなくても平気なんだから」

「それはどういう……」

イズルおじさんは戸惑ったように口ごもった。

「目に見えないだけで感じることはできるの。だから夢二は今も変わらずにわたしたちと一緒にいるんだからさみしくも何ともないわ。でもね、おかしなことに幽霊でもないの。足だってちゃんと四本あるし。イズルおじさんなら感じることができるんじゃないかと思ったんだけど……。ねえ、わからないかな？」

ベッドに腰かけたまま熱心に綾子姉ちゃんがイズルおじさんに語りかけていると、自分のことを話されているのが気になったのか夢二がするっと部屋に入ってきた。

イズルおじさんは少しの間考え込むような素ぶりを見せたあと、ぐるりと部屋を見渡してから自信を持ってこう云いきった。

「うん、確かにぼくにもわかる」

「ほんとに？」

わたしたちは驚いて声をあげた。

「やっぱりイズルおじさんね」

尊敬のまなざしで見つめながら、自分たちだけじゃなくて夢二の存在を感じとれる大人が存在することに胸をふくらませた。すると固唾を呑んで見守るわたしたちの前で、イズルおじさんはほほえみを浮かべながら立ちあがり、部屋の片隅のスープ皿までいくとしゃがみ込んだ。何かを撫でるように右手を上下に動かす。

「なあ夢二、ひさしぶりだな。ぼくを覚えているかい？　前に遊んでやったろう。そうか、覚えているのか、かしこい子だね。よしよし」

うれしそうに手を動かし続けるおじさんを見て、わたしは何も云えなくなった。イズルおじさんがわたしたちの云うことを本気で信じていないことがわかったからだった。隣を見ると綾子姉ちゃんの顔も心なしか青ざめて見えた。心底落胆しているのはわたしだけじゃなかったのだ。

　そこに夢二はいなかった。

　イズルおじさんはわたしたちの言葉をただの子ども同士の架空の遊びか何かだと勘違いしている。そしてそのゲームにのったふりをしているのだった。なおも何もない空間にしゃべり続けるおじさんに声をかけることもできずわたしがまごついていると、綾子姉ちゃんがつと立ちあがり近寄っていった。そしてイズルおじさんの横にしゃがむと同じように右手を動かしはじめた。長くて黒い髪がひざの上にさらさらとこぼれていった。

「忘れないわよね、夢二。だってたくさん遊んでもらったんだものね」

　やさしくて迷いのない声だった。わたしの大好きなあの声だ。

　何をしているのと云わんばかりの不思議そうな雰囲気が伝わってくる。顔は見えないけれど、夢二が小首をかしげている姿がわたしには目に見えるようだった。家の誰かが玄関から出かけていくと夢二は必ずこうしていた。何しにいくの、といった風に考えているような仕草をした。

　さっきから、夢二はわたしと並んでカーペットの上に座っていた。イズルおじさんの目に入らないようにわたしは夢二の頭をそっと撫でた。

台所の戸棚の奥からすし桶をひっぱり出すと、丁寧に洗い水気を拭う。ごはんとすし酢を混ぜるときにはもう一回濡れ布巾で拭いたほうがいいの、そのほうが米粒とくっつかないし酢とよく混ざるのよ、と母は云った。

母は料理があまり得意なほうではなかったが、ちらし寿司をつくるときだけは妙に力が入った。ひな祭りや誕生日会などの年に数回のハレの行事でしか登場しないちらし寿司を今日みたいなふつうの日に急遽つくることになったのは、近頃あまり食欲のない綾子姉ちゃんが食べたいと云ったためだ。

ごはんを炊いている間に母はちらしの具をつくりはじめた。甘ったるいシイタケの煮えるにおい。錦糸玉子のあざやかな黄色、サヤエンドウのみずみずしい緑色、食欲をそそる海老の赤色。茹であげられるごとにくすみのとれた食材たちは、それらがもっともふさわしい位置に配置されるのをじっと待っている。

ちらし寿司づくりの行程の中で重要なのは何といっても酢めしづくりだった。手持ち無沙汰で忙しく立ちまわる母の姿をぼけっと見ていたわたしも、この時ばかりはうちわ片手にお手伝いだ。炊きあがったばかりの熱々のごはんをすし桶に広げると、手早くすし酢をふりかけうちわで一気に冷ましながら混ぜていく。母は右手にしゃもじを持ち、左手にはうちわを持って、混ぜるのと冷ますのを同時にこなそうとするのだがうまくいかない。

大体ピアノが弾けないのだって、いっぺんに両手で別々の動作ができないという理由であきらめたのだ。わたしはせめてもといつもより一生懸命にあおいで風を送る。ふだんならお姉ちゃんを入れて三人でする作業を、今日は母とふたりでやり遂げなければいけないのだった。

「猫の手も借りたいって云うのは、こんなときに使うのね」

額にうっすら汗をにじませながら母が独りごちた。この際、犬の手でもいいんだけど。くつろいでいる夢二にじっと視線を送り続けていると気づいたらしく、すーっとその場からいなくなった。あたしゃ知りませんよという態度にわたしは小さく鼻を鳴らした。

台所には酢めしの甘酸っぱい香りが広がっていた。甘酢の絡んだ米粒は一粒一粒がつやつやと輝いていて、梅雨の雨空を忘れるほどに、この場所だけがしあわせな光に包まれているみたいだった。母は生あたたかい米粒をひと摑み手ですくうと、幼いわたしの口にすべり込ませた。唇に触れる指先がやさしかった。

「どう？」

心配そうに顔をのぞき込む母に向かって「おいしいよ」と返事すると、「ならよかった」と安心したように笑った。その間もうちわを握るわたしたちの手は休むことがなかった。

部屋にいくとあいかわらず綾子姉ちゃんはベッドに横になっていた。けれども眠っていたわけではないらしく、すぐに母とわたしに向かって身体を起こすよう頼んだ。背中にたくさんクッションを入れて、そこに上体をあずけながら気だるそうに起きあがると、ちらし寿司を見て「おいしそう」と小さく呟いた。

「桜でんぶをふったのはわたし」

あざやかなピンク色に染まった部分を指さしながら、わたしは胸をはって云った。綾子姉ちゃんはさらに細く、色も白くなったような気がした。このままいくとどんどん透きとおって、しまいには夢二みたいに透明になってしまうのではないかと心配になった。

母からちらし寿司の皿を受けとると、綾子姉ちゃんはひと口ふた口とゆっくり口に運んだ。そして飲み込もうとした途端にはげしくむせた。慌てて母が背中をさすったがなかなかおさまらなかった。お姉ちゃんは苦しそうに肩で息をし、のどを通らなかったかたまりを吐きだした。母はおろおろと背中をさすりながら云った。

「綾子ちゃん、いいのよ。お母さんが分量間違えたの。きっと酢の量を多くしすぎたんだわ。だからむせてしまったの、ね。ごめんなさい、お母さんまたつくるから。今度はもっと上手につくるから勘弁してね」

ほんとうは違うのに、そう云う母が不憫だった。自分の中でさっきまでの台所のしあわせな光景が急速に色褪せていくのがわたしにはわかった。すし飯はいつもと変わらずおいしかった。なぜって、お母さんとわたしは慎重に何度も味見したんだもの。

「八重ちゃん、ごめんね。せっかくつくってくれたのに」

申し訳なさそうに綾子姉ちゃんは云った。まだ少し気分が悪そうだった。わたしは何も云えず頭をふり、真一文字に結んでいた唇からようやく、「また今度ね」という言葉を絞りだした。この時、わたしも母も口先ではまた今度とくり返しながら、その実そういう日が再び訪れることはないのではないかという漠然とした不安に襲われていた。

すし桶の中には大量のちらし寿司が残っていた。母がはりきって多めにつくったのだ。わたしたちはすし桶の置かれたテーブルをはさんで椅子に腰かけ、黙ったまま視線を落とした。いたたまれずにわたしは母に声をかけた。

「ねえ、お寿司、おいしかったよ」

母は聞いているのかいないのか、うつろな視線で表情を失くして座っていた。

「ねえ、お寿司……」

今度は強めにもう一度話しかけると、びくっと肩を震わせ急にわたしに焦点を合わせた。その唐突すぎる感じにたじろいでいると、はっとしたように視線をやわらげいつもの母へともどっていった。

「……おいしかったんだよ。こんなに残っちゃって、もったいないなあ」

「そう……だよね。お父さんと三人で食べても食べきれないわね。どうしよっか」

「誰かにあげるといいんじゃない？」

特に考えなしにわたしは提案した。

「そうねえ……」

母はしばらく考えてから、ぽんと手を打った。

「そうだ、絹子さんちにあげよう」

「たばこ屋のおばあちゃんとこの絹子おばちゃん？」

「そうそう。絹子おばちゃん、おばあちゃんが病気になってからおうちのことで大変みたいだから」

そう答えるや否や、母は大きな白いお皿をとり出してちらし寿司を分け、その上にラップしていった。

「庭の枇杷の木からもいだ枇杷も入れてあげよう」

云いながらてきぱきと紙袋に詰めていく。そうして動いている母は生き生きとしていた。少なくとも綾子姉ちゃんの前でおろおろするしかない母の姿よりはずっとましに思えた。

結局、絹子おばちゃんの家まではわたしが持っていくことになった。玄関で靴を履いているといつの間にか夢二がそばにきていて、外に出てもそのままついてきた。

「あんたもたばこ屋のおばあちゃんが心配なの?」

絹子さんはたばこ屋のおばあちゃんの息子のお嫁さんだ。母とは歳も近いうえ馬も合うらしく、以前はよくお茶を飲みにお互いの家をいききしていた。綾子姉ちゃんが病気になってもあれやこれやと世話を焼いてくれていたのだが、同居している義母が病に倒れたころからあまり見かけなくなっていた。

わたしからすると絹子さんよりは義母であるたばこ屋のおばあちゃんのほうがもっと近しい存在だった。というのも、おばあちゃんのやっているたばこ屋さんというのがたばこだけじゃなく、駄菓子やプラモデルや文房具類なんかも置いてある雑貨屋みたいなところで、自然と子どもたちの集まるようなそんな店だったからだ。そのお店も去年の暮れにおばあちゃんが倒れて寝たきりになって以来閉じていた。

店の前までくると今日もやはりシャッターが閉まっていた。息子さん夫婦はそれぞれに仕事があるらしく、店番をする者がいないのだそうだ。店と住まいとはつながっているが、表からは入れないので仕方なく裏口にまわった。チャイムを鳴らし待っていると、ドアが開いて絹子おばちゃんが顔を出した。

「あら、八重子ちゃんじゃない。どうかしたの？」

「こんにちは。ちらし寿司いっぱいつくったから、お母さんがどうぞって。あ、それと枇杷の実も」

「あらまあ、こんなにたくさん」

絹子おばちゃんは紙袋をのぞき込んで目を丸くした。わたしはひそかに絹子おばちゃんの変わりように驚いていた。前は家の中でもきちんとしているイメージだったのに、今日は化粧気のない顔にぼさぼさの髪をゴムでひとつにまとめているだけで、下もよれよれのジャージみたいなのを穿いていた。この時間帯にこんな恰好で家にいるということは、もしかしたら仕事のほうも辞めたのかもしれない。

「おばちゃんちらし寿司大好きなのよ、うれしいわ。枇杷はすってジュースみたいにしたらおばあちゃんも食べられるわね。八重子ちゃん、まだ帰らなくても大丈夫でしょ。今サイダー注いだげるから、ちょっとだけおあがんなさいよ」

おばちゃんに誘われてわたしは少しだけお邪魔することにした。キンと冷えたサイダーはのどに心地よく、ガラスコップの内面についた炭酸の泡をストローでくるくると壊しながらわたしは遠慮がちに訊ねた。

「あの……おばあちゃんの具合はどうなんですか？」

「そうねえ、今は寝てばかりかな」

「会ってもいいですか」

思いきって訊くと、おばちゃんは少し驚いたように目を見開き、困惑した様子で答えた。

「会いたいの？　うーん、そっか。誰だかわからないかもしれないけれど、それでもいい？」

「うん」

案内されて絹子おばちゃんのうしろをついていくと、居間の横を通り過ぎる時にお店の内部の暗がりが見えた。ここがお店と直接つながっている部分で、これまでは店のほうから居間を見ていたのに、反対側から見ると何だか変な気分だった。

通された部屋は一番奥の畳敷きの部屋で、中央に大きな介護用のベッドがあった。絹子おばちゃんが「お義母《かあ》さん、いっつもお店にきてくれていた八重子ちゃんよ、わかる？」と耳もとで大声を出した。けれどおばあちゃんからの反応はなく、眠っているのか目を閉じたままだった。

向こうでチャイムの音がして、おばちゃんは応対しにいってしまった。わたしはうす暗い部屋でしばらくの間おばあちゃんとふたりきりになった。

「こんにちは」

勇気を出して呼びかけてみるが、すうすうという規則正しい寝息しか聞こえてはこなかった。

おばあちゃんは特に痩せた感じもなくわたしはほっとため息を吐いた。じっと見つめていると、完全に閉じられていた筈の両目がうっすらと開いてきたように思えた。「こんにちは、八重子です」ともう一度声をかける。

一見変わりはなさそうだったが、よく観察すると細く開いたまぶたの奥の眼球が何かを追っているような気がしてきた。何だろう。考えるうち、ふいに夢二の姿を目で追っているのではないかという考えが閃いた。夢二はわたしのうしろで忙しなく畳の上をいったりきたりしていた。

こんな風に落ち着かない夢二の姿も珍しかった。訝しがるわたしの目の前で、夢二はひらりと跳びあがるとおばあちゃんの足もとにすとんとおりた。そこで丸まってしまったらしく、布団の表面がわずかに凹んでいるのが見てとれた。それこそ今までの夢二にはありえないことだ。透明になってしまう前ですら、人が寝ているベッドにあがるような真似はしなかったのに。

「こら、だめよ、夢二。おりなさい」

軽く叱責してもまったく効果はなかった。おばあちゃんを見ると、ぼんやりとした顔つきのままではあるものの、今度は足もとでうずくまる夢二のほうに視線が向いていた。やっぱり夢二の姿が見えているのだとわたしは驚いた。

たばこ屋に駄菓子を買いにいくとき、わたしも綾子姉ちゃんもよく夢二を連れていった。おばあちゃんは夢二が一緒だと大抵の場合、犬用のおやつをあげたり頭を撫でたりしてくれた。夢二はおばあちゃんを慕うあまり、ああやって寄り添うようにしているのだろうか。

絹子おばちゃんがもどってきたので、わたしもお暇せざるをえなかった。

「八重子ちゃん、ごめんね。せっかく見舞ってくれたのに。でも誰かがきてくれたのはわかってると思うからきっとよろこんでいるわ」

「はい。わたしも会えてうれしかったです」

そんな会話をしながら退出しようとする。おばちゃんからわざと少し遅れて部屋を出る瞬間、わたしは慌ててふり返り、小声で急いで夢二に云った。

「帰りかた、わかるよね？　ちゃんと自分で帰っておいでよ」

三日経って夢二は何事もなかったかのように家にもどってきた。

その日の夜、たばこ屋のおばあちゃんのお通夜が行われた。

夏になったあたりから姉は入退院をくり返し、どういう経緯があったかは知らないが秋には自宅療養することになった。二日にいっぺんお医者さんの往診があり、点滴や注射をして帰っていった。

家にいても横になっていることがほとんどで、たまに起きてもベッドの上でぼんやりすることが多くなった。わたしはできるだけ姉のそばにいたかった。気を抜いたすきにふっと消えてしまいそうでこわかったからだ。

その日も服薬用の水を母から強引に奪いとってお盆に載せ、綾子姉ちゃんの部屋にいった。ノックをしても返事がないので「入るよ」と声をかけてから中を覗く。お姉ちゃんは眠っておらず、ベッドの上に座っていた。

「お薬の水、持ってきた」

「……」

話しかけても黙ったままふり向く気配がない。調子が悪いのかと心配になり、前にまわり込んだ。お姉ちゃんはぼうっとした表情で自分の右手の親指を眺めていた。指のつけ根から血が出ている。たくさんではなかったけれど、一滴二滴、ぽとりぽとりと白いシーツに赤い血がこぼれた。

「どうしたの、お姉ちゃん」

わたしは慌ててお盆を勉強机に置き、近くにティッシュの箱がないか探した。ベッドのわきに落ちているのを見つけて急いで抜きとり、お姉ちゃんの右手に押しあてる。おろおろしているわたしをなぜか不思議そうな目で見返した。

「お母さん、呼んでくる」

「大丈夫よ、八重ちゃん。すぐにとまるわ」

「でも……」

焦るわたしとは対照的に綾子姉ちゃんはのんびりと間延びした声で云った。痛くないのだろうか。小さく裂けた傷口をこわごわ見つめるわたしの視線に応えるように呟いた。

「夢二がしたの」

「え」

「………」

訊き返すと口をつぐんでしまう。わたしは部屋の隅にいる夢二をふり返った。戸惑ったような空気だけが流れてくる。夢二が姉を傷つけるような行為をする筈がない。お姉ちゃんが嘘を吐いたのだ。本心がどこにあるのかわからないけれど、そのことに少なからずショックを受けたわたしは姉の顔をまじまじと見つめた。微妙に視線をそらされた気がした。

「八重ちゃん、わたし、見えてる？」

「見えてるよ、もちろん」

「夢二みたいに透明じゃないのなら、じゃあわたし、何になるんだろうね？」

姉の云う質問の意味がその時のわたしにはわからなかった。たぶんお姉ちゃんも答えを求めていなかったのだと思う。いつものようにわたしの意見を先に訊き、綾子姉ちゃんはじっとひとりで思考の淵に沈んだ。そして浮上するとともに「そうじゃないわね」と力なく云い、さみしそうに笑った。

「何になれなかったんだろう、だわ」

ほころんだ口もとからは犬歯が覗いていた。お姉ちゃんの唇にわずかな血が付着しているのを見た瞬間、ああ、「わたしの八重ちゃん」がやったのだ、と思った。

それからの一週間、容体はさらに悪くなり、半分夢うつつのような朦朧とした状態が続いた。両親やわたしが話しかけてもめったに返事はなかったが、そんな状況下で姉はこんなことを口走った。

「八重ちゃん、わたし、夢二が見えるわ」

この間のように自分が見えているかどうかと訊いているのではなかった。はっきりとお姉ちゃんは「夢二が見える」と云いきったのだ。え、と問い返しても、うわごとのようにくり返すばかりで埒が明かなかった。それでも夢二に向かって手を伸ばすときの綾子姉ちゃんの表情はおだやかだった。

その日から夢二は姉の足もとで丸くなり動かなくなった。

秋も深まり冬の兆しが見えはじめたころ、綾子姉ちゃんは死んだ。

姉の葬儀がすんで家に帰ると、夢二はもうベッドの上にはおらず、部屋の隅で薄荷水を舐めていた。その姿を眺めながら妙にさえざえとした頭でわたしは考えた。

夢二は人の死のにおいを嗅ぎわけることができるのだ、と。

お姉ちゃんが亡くなってすぐのことは今でもぼんやりとしか思いだせない。あっという間にきれいだった黒髪も、白い肌も、大好きな声さえも灰と骨になった。目の前に差しだされたそれらを見て、姉の死を理解しろと迫られても子どものわたしには無理な話だった。

ほんとうのかなしみはもっと遠くから、あとになってやってきた。

遠くからひたひたと押し寄せるかなしみが最初にわたしに追いついたのは、その冬の初雪の降った朝だった。夜から急に冷え込んで、あの特別な感じが舞い降りる予感がしていた。

わたしは生まれてはじめて沈黙がすべてを包み込む朝がくるのをおそれた。地上のあらゆる音を吸いとってしまうあの朝が再び訪れたら、気が変になってしまうのではないかとさえ思った。夜中汗をかき、寝返りを打ってはわざと大きな音を出して沈黙の重みと闘った。それでもやがて闘い疲れたわたしは眠り、朝がきた。

思いきって部屋の窓を開けると、そこはやはり純白の雪の世界だった。冷たい空気が全身を通り抜け、わたしの身体にまとわりついた熱だとか不快な汗だとかを浄化していった。どんなに抗っても、そこがうつくしい世界だということに変わりはなかった。

敗北感を背負ったまま、わたしはのろのろと着がえをした。ドアの外に人の気配はなく、あたり前だとわかっていても、獣たちの体温に包まれた綾子姉ちゃんが立っているのではないかと何度も考えた。もしそれが叶わないとしても……。靴下を履くのに手間どりながらさらに想像する。ひょっとしたら夢二のように、わたしにしか見えない透明なお姉ちゃんが立っているかもしれない。

　祈るような気持ちで部屋のドアを開けても、そこには誰もいなかった。

　縁側から庭におりようとすると、わきから夢二が飛びだして白い表面に足跡をつけた。

「今年も一番のりは夢二に持ってかれちゃったね」

　わたしは小さくうふふと笑い、ぺたんと足をついた。わたしの前には夢二の四つの足跡がくっきりと残っている。それは圧倒的な存在感を示していた。つられたように足を進めふり返る。そこにも圧倒的なわたしの存在が印されていた。ぺたん、ぺたんと夢二の足跡を追うように、次第に追いかけっこの様相を呈しながら、わたしと夢二は雪の上を駆けまわった。いい加減疲れて縁側に腰をかけると、雪につけた足跡たちが目に飛び込んできた。

　夢二、わたし、夢二、わたし、夢二……。

　どこまでいっても夢二とわたしの足跡だった。去年の冬、わたしと綾子姉ちゃんと夢二の足跡はぐちゃぐちゃに入り乱れてどれが誰のかわからないほどだったのに、今は違った。夢二、わたし、夢二、わたし……。

いつの間にか視界はぼやけ、わたしは透明な涙を流し続けた。


小学六年生でわたしは初潮を迎えた。うれしいというより恥ずかしさが先に立った。その日の夕飯は母が父に内緒で炊いた赤飯だった。

「今日は何のお祝いだい？」

しつこく母に訊ねる父の鈍感さを呪いながら、わたしは急いで食べ終えると綾子姉ちゃんの部屋に入った。姉の部屋には極力入らないようにしていたが今日は特別だった。部屋は毎日母が掃除し、きれい好きだったお姉ちゃんがいたころと何も変わってはいなかった。羊毛のストールも灰色ウサギの室内履きもキツネの毛皮の帽子も定位置にあった。唯一変わったのは、彼らがあたためるべき人物がいないという点だけだった。

空気を乱さないようにわたしはそっと姉のベッドにもぐり込んだ。あかりを点けず、足を折り曲げた形で布団に包まっていると、前に夢うつつで感じたように綿菓子みたいな心持ちになった。下腹部に感じていた鈍痛でさえ、痛みの輪郭がぼやけて消えていくようだった。

「お母さん、お赤飯つくれるの、お姉ちゃん知らなかったでしょう？」

小さく布団の中で姉に呼びかけてみる。母がちらし寿司以外で赤飯も炊けるのだということをわたしは今日はじめて知った。それは中学二年生だった綾子姉ちゃんが、病気のせいか痩せ細った体格のせいか定かではないものの、この日を迎えることなく逝ってしまったという事実をわたしに知らしめていた。

あの時、姉が自ら流した血の赤さを思いだす。お姉ちゃんは何をしたかったのだろう。自分がまだ生きている証を確かめたかったのか。もうすぐ消えてしまうかもしれない運命への怒りか。お姉ちゃんは消えて透明になってしまっても夢二みたいに生き続けたいと願っていたのだろうか。わたしにはわからない。たぶん一生わからないと思う。

わたしは生きて、成長し、綾子姉ちゃんができなかったことを今経験している。このさきもそうやってひとつひとつ経験しながら生きていくのだということを胸に刻みつける。

お姉ちゃんがなれなかったものにわたしはなるのだ。

それからもかなしみは何度もわたしの肩を不意に摑み、ひき寄せ、そして去っていった。そのたびにわたしは立ちどまり、その声にじっと耳を傾け、それから頷くとそろそろと歩きだした。少しずつだけれどわたしは進んでいった。あの雪の日のようにふり返っては自分の足跡を確かめながら。

一緒に歩いていた足跡がひとつ、途中で消えてしまった場所から遠く離れたころ、わたしは大人になっていた。かたわらにはいつも夢二の小さな足跡が並んでいた。

二十五歳の春にわたしは結婚した。相手は六歳年上の、そのころわたしがアルバイトで働いていた町役場の職員だった。

彼のプロポーズを受けいれたその夜のこともこれまであった数多のことも、折りに触れ綾子姉ちゃんの布団にもぐっては報告してきた。恋愛や学校、友情や裏切りのこと、家族のその後のこと、語り切れない諸々のこと、なんかをだ。

結婚を機にわたしはアルバイトを辞めて家庭に入った。嫁入り道具にと両親が揃えてくれたタンスや鏡台の荷物の中に、わたしは姉の羽毛布団を紛れ込ませた。夫の車の助手席で、両親に手をふり別れを惜しむわたしのひざの上には夢二が当然のように座っていた。

夫に夢二について話したことは一度もない。ただそこにいるという事実を伝えることがどんなに困難でむなしい行為か、わたしはイズルおじさんの時に嫌というほど思い知らされていた。それにまたそのことを残念に思うよりも、これから続くであろう平凡で慎ましやかな生活の中で、夢二の存在の秘密が少しばかりの刺激をもたらしてくれることにむしろ感謝の念すら覚えるのだった。

夫の留守中、薄荷水を入れた平皿を台所の床に置く。急に帰ってこられて万が一見咎められても平気なように云い訳はちゃんと考えてあった。害虫よけよ、こうすると虫が入ってこないんだって。

翌年、わたしは妊娠した。

たかだか一週間ぶりだというのに、わが家を見るとなぜか涙ぐみそうになった。出産直後で神経が高ぶっているせいかもしれなかった。ほんの一週間前にはつぼみだった玄関わきの花水木がうす紅色の花を咲かせていた。

わたしの腕の中では新しい小さな命が気持ちよさそうに眠っていた。隣では夫が大きなバッグを抱えたまま、うれしさと戸惑いがないまぜになったような面持ちでその小さな命をのぞき込んでいた。よく晴れた日だった。花水木の花弁を通してやってくるやわらかな光が娘のぷっくりとした頬にやさしく降り注いでいた。

名前は綾音とつけた。

玄関のドアを開けてもらい、中に入るとわたしはまず家の奥に向かって、「ただいま」と大きな声で云った。夫はしばらくの間留守にしていたわが家にあいさつしていると勘違いしたと思うけれど、わたしは家で待っている夢二に云ったのだった。

出産のために入院した病院へ夢二はついてこなかった。わたしはそれも仕方ないことだと理解していた。たばこ屋のおばあちゃんや綾子姉ちゃんの時だけでなく、これまでにも何度か夢二が人の死に寄り添う姿を見てきた。夢二にはきっと死にゆく者を嗅ぎわけられる能力が備わっているのだとわたしは信じていた。そういう死の片鱗のようなものが夢二にはわかるに違いなかった。

そんな夢二だからこそ、病院というどこよりも多くの死を内包する場所へ連れていくのは憚れたし、夢二自身、何か予感でもするのか一緒にいこうという素ぶりさえ見せなかったのだ。

わたしの呼びかけに夢二は奥から出てきてちょこんと座った。夫にはむろん見える筈もなかったが、わたしの胸に抱かれている新しい家族を不思議そうに見つめている雰囲気が伝わってきた。

ま新しいベビーベッドに綾音をおろし、赤ちゃん用の布団をかけてやった。ベッドの上では両親がずいぶん前から用意してくれていたオルゴールメリーがゆっくりと回転していた。かわいらしい布製の動物たちが音楽に合わせてくるくると軽やかに踊る。われ知らずほほえみ、わたしは今ここにあるしあわせを嚙みしめた。

荷物を置きに夫が部屋を出ていくと、わたしは視線を夢二に移した。

「綾音って云うの。よろしくね」

夢二に話しかけながら、オルゴールメリーの紐が長すぎるのを調整しようと上を向き、次に綾音に視線をもどした瞬間、わたしはその場に凍りついた。

「……冗談はよしてよ、夢二」

そこには信じられない光景があった。今の今まで畳の上にいた筈の夢二がいなくなったかと思うと、知らぬ間に綾音の足もとに窮屈そうに丸まっていた。やわらかな布団のそこだけが丸くわずかに沈んでいた。

急に立っていられないような感覚に襲われ、わたしはベビーベッドの柵に摑まった。ひざをついた姿勢でふらふらと見あげると、オルゴールメリーの回転にゆっくりと吸い込まれてしまう気がした。

それからの数日間、わたしは半狂乱のようになっていくつも病院を訪ねまわった。どれほどの時間が残されているのかはっきりしたことはわからないが、今までの夢二の行動からしてせいぜい一週間だろうと見当をつけた。一週間。生まれたばかりの綾音にとっては短すぎる命の期限だった。

その日から夢二が綾音の足もとを離れることはなかった。寝かせる場所を変えてもすぐに風のようにふわりとやってきてさっとうずくまる。無理に退かすことは不可能だった。一度丸くなると重い石の彫像みたいに微動だにしなくなってしまうのだ。

夢二の視線をふり切るように綾音を抱き、わたしは夜も昼もなくあらゆる小児科の門を叩いた。門前払いを食らわされそうになるのを無理にと頼み込んでは様々な検査を受けさせた。

結果はどこも同じだった。医師たちは口を揃えて綾音がいたって健康であること、また器質的な欠陥も見あたらないから安心するように、という趣旨の説明をわたしにした。

「赤ちゃんはね、脆いように見えますけど案外丈夫なんですよ。生きようと一生懸命なんですからね。お母さんが今のうちからそんなに心配性でどうします？」

「そんなことはわかってます。だけど、もうすぐ綾音は死ぬかもしれないんです。何か見落としがあるんじゃないですか？　お願いです、もっとくわしく診てください。くわしく」

「もっとくわしくと云われてもねえ……」

困惑を通り過ぎて呆れ顔の医師に向かってわたしは何度も頭をさげた。中には綾音ではなく、母親のわたしのほうに診察が必要だと諭す医師もいた。

わたしはもうなりふりかまってもいられなくなった。乳幼児の突然死という言葉が頭から離れなくなり夜も心配で眠れない。夜通し綾音の胸や腹の曲線をじっと見据え、そのふくらみが規則正しく上下しているかを監視した。そうしていなければ不安で仕方なかった。

目ばかり爛々と焦燥の色を日に日に濃くする妻を気遣って夫は医師に相談した。育児ノイローゼだと云われ、わたしに抗不安薬や睡眠剤を処方しようとする医師の申し出を必死に断った。

のんきに眠っている場合ではない。一分一秒が惜しいくらいなのだ。そんなことよりも今は綾音のことだけが心配でたまらなかった。

「君は疲れているんだよ。少し休養が必要なんだ」

むずかしい顔をして綾音のもとからひき離そうとする夫に向かって、「そうじゃないの、そうじゃないのよ」と、わたしは子どものように泣きじゃくることしかできなかった。

そんな生活が半月も過ぎたころ、奇妙なことが起こった。

重石のように綾音の眠るベビーベッドから動かなかった夢二が立ちあがったのだ。この二週間ばかりですっかり憔悴しきっていたわたしは、にわかには信じがたい光景に唖然とした。

それは何の前触れもなくはじまった。

最初はベビーベッドから離れてほしいと願うあまり幻覚でも見ているのかと自分の目を疑ったがそうではなかった。確かに夢二は突然ベッドからひらりと飛びおりたかと思うと、またぱっと舞いもどって綾音の足もとに丸くなるという行為を何度もくり返した。そしてその間隔は日を追うごとにだんだんと長くなっていった。さらに一週間経ったころにはまったくベビーベッドにあがってくることはなくなったのだった。

綾音は綾音で頬をピンク色に染め力強くおっぱいに吸いつく姿は元気そのものといった調子

で、改めて冷静な目で観察すれば、その姿に命の翳りといった暗い部分はどう見ても見あたらない。だったら夢二のあれはいったい何だったのかと首をかしげるしかないのだった。

　わたしの半狂乱ぶりも鳴りをひそめ、家の中は徐々に平静をとり戻しつつあった。気が抜けたみたいに愛娘に乳をやるわたしの姿を見て、夫もやっと安心できたようだった。

　訳のわからないままわたしは子育てに追われていった。

　そんな日々が過ぎたある日、わたしは二階の窓からぼんやり外を眺めていた。窓からは花水木のてっぺんが見えた。綾音を連れ帰った日に咲いていた花も葉もずいぶん前にすっかり落ちて、もう次の新芽が顔を覗かせていた。時は移ろい命はめぐっていく。うす紅色の花が再びほほえむころには綾音の背も今よりずっと伸びていることだろう。

　詰まるところ、人は同じところから出ていき同じところに帰るということではないだろうか。腕の中の綾音を見てわたしは小さく頷いた。だから生まれたばかりの綾音から、消えゆく者たちと同じにおいがしたのではないだろうか。わたしは自分でそう結論づけた。

　綾音はすくすくと育っていった。出産直後のわたしの狼狽ぶりはもはや笑い話だった。夫はいまだに真相を知らない。わたしは胸のうちで小さくごめんねと呟きながら、綾音の成長を見守っている。

夫が家にいないとき、今でも時々お姉ちゃんの布団をこっそりとり出してわたしはもぐり込む。夢二のこと、夫のこと、暮らしのこと。そして何より綾音のこと。報告したいことは山ほどある。ついさっきも驚くべき報告をひとつしてきたところだ。

どうやら綾音には夢二の姿が見えているらしい。

なぜなら一番はじめに発した言葉が「わんわん」だったのだから。

「わんわん……って、この辺に犬なんていたかなあ」

不思議そうに首をひねる夫に向かって、わたしは悪戯っぽく笑い返しながらこう答えた。

「いるのよ、犬が。ずうっと昔からね」

初出一覧

幽霊番　書き下ろし
レースの村　「ことばと vol.1」
空まわりの観覧車　書き下ろし
透明になった犬の話　第28回大阪女性文芸賞佳作受賞作品

片島麦子（かたしま・むぎこ）
1972年広島県生まれ。小説家。
著書に『中指の魔法』（講談社）、『銀杏アパート』『想いであずかり処にじや質店』（ポプラ社）がある。

レースの村

2021年4月27日第1刷発行

著　者　片島麦子
発行者　田島安江
発行所　株式会社 書肆侃侃房（しょしかんかんぼう）
〒810-0041 福岡市中央区大名2-8-18-501
TEL 092-735-2802　FAX 092-735-2792
http://www.kankanbou.com
info@kankanbou.com

編　集　田島安江　池田雪
ＤＴＰ　黒木留実
印刷・製本　シナノ書籍印刷株式会社

ISBN978-4-86385-459-8　C0093